I0575405

LE COMTE FLAMBOYANT

IL Y A DE L'AMOUR DANS L'AIR
TOME UN

DARCY BURKE

Traduction par
SOPHIE SALAÜN

Zealous Quill Press

Le Comte flamboyant
Copyright © 2019 Darcy Burke
Tous droits réservés.
ISBN: 9781637261736

Ceci est une œuvre de fiction. Les noms, les personnages, les lieux et les évènements sont les produits de l'imagination de l'auteur ou sont employés fictivement. Toute ressemblance avec des événements réels, lieux, ou personnes vivantes ou mortes, est purement fortuite.

Conception du livre: © Darcy Burke.
Conception de la couverture: © Dar Albert, Wicked Smart Designs.
Traduction: Sophie Salaün.

À l'exception de ce qui est autorisé par l'U.S. Copyright Act de 1976, aucune partie de cette œuvre ne peut être reproduite, distribuée, ou transmise sous quelque forme et par quelque moyen que ce soit, ou stockée dans un système informatisé de mise en mémoire ou de recherche de données, sans la permission écrite de l'auteur.

✿ Réalisé avec Vellum

LE COMTE FLAMBOYANT

Autrefois, le comte de Buckleigh était un marginal sans titre, malmené pendant ses études à Oxford. Aujourd'hui, il a surmonté ses difficultés, et il est impatient de découvrir l'avenir, surtout lorsque sa plus vieille et plus chère amie, Bianca, a besoin d'aide pour sauver la fête annuelle de fin d'année. Ash a un plan pour sauver l'événement, mais lorsque les tyrans de sa jeunesse reprennent leurs vieilles habitudes, il doit tout risquer pour mettre le passé derrière lui et trouver le véritable amour.

Furieuse de voir son frère refuser d'organiser la fête de la Saint-Étienne, Lady Bianca Stafford s'engage à offrir leur fête aux villageois. Elle voit en Ash le sauveur de leur tradition locale, et peut-être un avenir auquel elle ne s'attendait pas. Mais son frère a d'autres projets pour elle : une saison et un mariage, et pas avec Ash. Lorsqu'une catastrophe survient, tout ce qui lui tient à cœur se retrouve menacé et il faudra un miracle, ou un héros, pour sauver la situation.

Le Comte flamboyant s'inspire de la chanson et de l'histoire américaine de *Rudolph, le petit renne au nez rouge*. Découvrez la version américaine de la chanson, adaptée à mon roman, sur mon site web darcyburke.com !

CHAPITRE 1

Comté de Durham, Angleterre
Novembre 1811

— Viens avec moi à la partie de campagne de Thornaby. Je t'en prie !

Lady Bianca Stafford n'avait aucune envie de supplier son frère, mais elle était sur le point de le faire.

Calder Stafford, le huitième duc de Hartwell, pinça les lèvres, absolument insensible aux prières passionnées de la jeune femme.

— Je n'ai aucune raison d'y assister, et aucune envie non plus.

Bianca contourna son bureau, l'obligeant à tourner la tête pour suivre ses mouvements. Elle se plaça près de sa chaise et lui adressa son regard le plus sérieux.

— Tu as toutes les raisons. C'est le début de la saison des fêtes. C'est là que se prépare de manière informelle la fête annuelle de la Saint-Étienne. Tu *dois* venir.

Il pinça l'arête de son nez aquilin.

— Bianca, je ne vais pas organiser de fête de la Saint-Étienne.

Elle ne put retenir un halètement choqué.

— Tu n'es pas sérieux. Nous organisons toujours la fête de la Saint-Étienne.

Ce n'était pas *une* fête, c'était *la* fête. Toute la ville venait, et c'était le cœur même de la saison de Noël.

Il laissa retomber sa main sur l'accoudoir de son fauteuil et la fixa sans ciller. Ses yeux gris foncé étaient aussi froids que le surnom que certains lui attribuaient encore : *Chill*, autrement dit, *frisson*. Car il avait été le comte de Chilton toute sa vie. Jusqu'à la mort de leur père, sept mois plus tôt.

Le regret et la tristesse comprimaient le cœur de Bianca, à cause de la perte de leur père et parce que l'immense fossé qui s'était creusé entre Calder et lui n'avait jamais été comblé.

— Je ne l'organiserai pas, un point, c'est tout.

Il l'avait dit d'un ton doux, mais sans appel.

Elle le fixa, bouche bée, incapable de trouver ses mots pendant ce qui lui sembla durer une éternité.

— Mais, mais…, bégaya-t-elle avant de pincer les lèvres en voyant le dégoût dans les yeux de son frère.

Elle ne comprenait pas comment il avait pu devenir une personne aussi distante et insensible. Mais elle ne l'avait pas revu au cours des dix dernières années, quand il vivait à Londres. Pas une fois il n'était revenu à la maison.

Prenant une profonde inspiration, elle tenta d'apaiser son cœur qui s'emballait, et son esprit qui s'indignait.

— Calder.

Elle se servit du nom que leur sœur Poppy lui avait toujours donné. C'était celui que leur mère, décédée quelques jours après avoir donné naissance à Bianca, avait utilisé, du moins selon Poppy.

— Tu as un devoir en tant que duc.

— J'ai de nombreuses obligations, mais aucune d'entre elles n'inclut l'organisation d'une fête de la Saint-Étienne. Maintenant, file à ta partie de campagne, lui intima-t-il avant de reporter son attention sur son bureau et les documents qui s'y trouvaient.

Son ton condescendant était exaspérant. Elle s'en irait dès que Poppy, la marquise de Darlington, arriverait pour la chaperonner.

— Tes locataires adorent la fête de la Saint-Étienne. C'est le point culminant de leur année. Bien sûr que c'est important.

Il ne leva pas le nez.

— Absolument pas.

Grommelant tout bas, Bianca jeta un regard noir à la tête penchée de son frère aîné.

— Papa serait déçu. Il doit se retourner dans sa tombe.

Le silence lui répondit, et elle contourna son bureau pour quitter la pièce, ne s'arrêtant que lorsqu'elle faillit percuter Poppy dans le hall d'entrée.

— Mon Dieu ! On dirait que tu as envie de commettre un meurtre, lui dit sa sœur, ses yeux gris-bleu écarquillés. Enfin, peut-être pas un meurtre. C'est plutôt macabre.

— Cependant, dans le cas présent, c'est plutôt approprié. J'étoufferais volontiers notre frère si j'y parvenais.

Poppy soupira.

— Dois-je aller lui parler ?

— Tu ne sais même pas pourquoi j'ai envie de l'étrangler, répondit Bianca.

— Je suis certaine que tu vas me le dire.

— Oui, oui, je parle trop, dit Bianca en agitant la main. Dans ce cas précis, je pourrais en parler jusqu'à ce que ma langue tombe, et j'ai bien peur que cela ne fasse aucune différence. Calder refuse d'organiser la fête de la Saint-Étienne.

Le simple fait de le formuler à haute voix accentua sa colère.

Les délicats sourcils sombres de Poppy s'arquèrent sur son front.

— Es-tu vraiment surprise, compte tenu de son comportement au cours des six derniers mois, depuis son retour ?

— Oui.

Mais elle n'aurait pas dû l'être. Pourtant, elle avait espéré.

— Comment peut-il ne pas se soucier des locataires et de l'importance de cette journée pour eux ?

Le lendemain de Noël était l'occasion pour tous les habitants du village de Hartwell et du domaine de Hartwood de se réunir et de faire la fête, d'oublier leurs soucis et leurs responsabilités et de passer un moment joyeux dans la camaraderie et l'amour.

— Cette journée peut encore être importante. Il ne tient qu'à toi qu'il en soit ainsi, lui dit Poppy avec un sourire encourageant. Je t'aurais bien proposé mon aide, mais...

Sa voix s'estompa, et une ombre traversa son regard.

Bianca saisit la main gantée de sa sœur et la serra.

— Je ne te demanderai rien.

Poppy traversait une période difficile, et c'était déjà bien assez qu'elle ait accepté d'accompagner Bianca à cette fête de trois jours à Thornhill, la propriété du vicomte Thornaby, à une heure de route.

— Merci, ma chérie, répondit Poppy en lui serrant la main en retour. Le valet de pied est en train de charger tes bagages dans ma berline. Tu es prête ?

— Je le suis.

Bianca jeta un regard triste vers le bureau de leur frère. Elle avait encore du temps pour le faire changer d'avis. Mais pas beaucoup.

Sa femme de chambre, Donnelly, arriva dans le hall avec ses accessoires. Lorsqu'elle eut enfilé son chapeau, sa cape et ses gants, elles quittèrent la maison. La berline de Darlington les attendait à l'extérieur ; la femme de chambre de Poppy y était déjà installée.

Une fois en route, Bianca se tourna vers sa sœur, l'esprit en ébullition.

— Nous devrons veiller à ne pas révéler l'hésitation de Calder à organiser cette fête. Je ne veux pas que l'on sache qu'il était contre, ne serait-ce qu'un instant.

Poppy la regarda en cillant, puis pinça les lèvres.

— Bianca, il *est* contre. Et pas seulement un instant. Il ne reviendra pas sur sa décision. Tu dois abandonner cette idée, malheureusement.

— Je refuse. C'est une tradition et le village de Hartwell sera dévasté si elle ne se perpétue pas comme elle l'a fait par le passé… depuis je ne sais combien de temps.

— J'ai entendu dire qu'il y avait toujours eu une forme de célébration depuis le premier duc, même sous Cromwell, lorsqu'il était interdit de fêter Noël.

Poppy jeta un coup d'œil par la vitre. Une boucle sombre se balançait contre sa tempe, sous le bord de son élégant bonnet vert sapin.

— Cependant, aujourd'hui, c'est Calder le duc. C'est à lui de perpétuer la tradition. Ou pas.

Frustrée par le manque d'indignation de sa sœur, Bianca contempla le paysage qui défilait. Les champs étaient mornes et arides avec l'arrivée de l'hiver, les haies verdoyantes sous les branches nues des arbres.

Tournant la tête pour regarder à nouveau sa sœur, elle lui demanda :

— N'es-tu pas un peu déçue ?

— Bien sûr que si. Mais je suis bien plus déçue par d'autres choses.

Elle se tourna ensuite vers la fenêtre. Après un moment, elle ajouta :

— Peu importe.

Bianca réprima son agacement. Poppy avait d'autres préoccupations.

— Je te présente mes excuses. Ce n'est pas à toi de t'inquiéter de cela. C'est à moi.

Et elle allait s'assurer que la fête ait lieu. Il le fallait. Calder se moquait peut-être des traditions ou de faire preuve de bienveillance envers les habitants de Hartwell et les locataires de Hartwood, mais Bianca, elle, s'en souciait.

Plusieurs minutes s'écoulèrent avant que Poppy ne fasse une remarque d'une voix douce.

— Je vois les rouages de ton esprit tourner.

Malgré elle, Bianca lui fit un petit sourire.

— Vraiment ?

Poppy rit doucement.

— Cela ne cesse jamais. Et c'est un compliment. C'est ton esprit en perpétuel mouvement qui fait que tu es Bianca.

C'était également ce qui faisait d'elle une célibataire. Apparemment, la plupart des gentlemen n'appréciaient pas qu'une femme ait des opinions arrêtées, et une tendance à les partager. Non pas qu'elle avait consacré beaucoup de temps à la recherche d'un mari.

À vingt-deux ans, elle était un peu à la traîne sur le marché du mariage, conséquence de la maladie de son père au cours des dernières années. En outre, elle n'avait aucune envie de faire une saison à Londres. Elle aimait Hartwell et ses environs, et, si elle devait *vraiment* se marier, chose dont elle n'était pas convaincue, elle préférerait de loin épouser un homme de la région. Le problème, c'était qu'ils n'étaient pas nombreux à ne pas être partis à la guerre. Cependant, plusieurs d'entre eux seraient présents à la partie de campagne, y compris le vicomte Thornaby lui-même.

Pour l'instant, elle ne souhaitait pas épouser Thornaby ni personne d'autre, mais peut-être voudrait-il prendre la relève de Calder pour ce qui était de la fête. Thornhill était à une heure de route en calèche, et le trajet était encore plus long à pied. L'endroit était donc loin d'être idéal, mais si c'était tout ce qu'elle pouvait trouver… Oui, elle allait profiter de cette fête pour mettre au point un plan d'urgence. Juste au cas où Calder se montrerait exceptionnellement têtu.

Ou sans cœur.

Elle craignait que ce soit la seconde hypothèse. Le frère qui était revenu de Londres n'était pas celui dont elle avait gardé le souvenir dans sa jeunesse. Mais sa sœur n'était plus la même non plus. Elle jeta un coup d'œil à Poppy. De légères rides se dessinaient au niveau de ses yeux et de sa bouche lorsqu'elle regardait par la fenêtre, lui donnant l'air d'être un peu plus âgée que ses vingt-quatre ans. Bianca aurait aimé que sa sœur parle davantage des difficultés qu'elle rencontrait, mais ce n'était pas le cas.

Parfois, elle se demandait si elle était vraiment de la même famille que son frère et sa sœur. Calder et Poppy gardaient leurs émotions pour eux, tandis que Bianca affichait les siennes aux yeux de tous. Son père disait qu'elle était comme sa mère. Bianca aurait aimé pouvoir le vérifier par elle-même.

Oh ! C'était une journée bien mélancolique qui s'annonçait. Elle redressa les épaules et s'adossa à la banquette. On approchait de la période qu'elle préférait dans l'année, celle où les gens étaient plus enclins à s'ouvrir aux autres et à trouver la joie. Une période de paix et de bonheur.

Et elle n'avait pas l'intention de laisser Calder tout gâcher. La fête de la Saint-Étienne aurait lieu à Hartwood. Elle refusait de transiger sur ce point.

~

Debout dans le salon de Thornhill, la maison de campagne du vicomte Thornaby, Ashton Rutledge, comte de Buckleigh, inspira profondément et compta jusqu'à trois. Après toutes ces années, cet exercice était devenu facile et il pria pour qu'il fonctionne aussi bien qu'à l'accoutumée. Lorsqu'il ne toussait pas, ne grognait pas et ne penchait pas la tête, il savait que c'était le cas et il en remerciait le ciel.

Il sourit à son hôte, Thornaby.

— Merci pour l'invitation.

— Je ne pouvais pas ignorer le nouveau comte !

Thornaby laissa échapper un rire qui n'avait rien de jovial. Peut-être était-ce à cause du regard qu'il posa sur ses amis, Keldon et Moreley, ou du rictus qui taquinait ses lèvres minces.

Ash ravala la réponse qu'il aurait voulu lui donner, « *je suis sûr que tu as tenté de le faire* », et s'efforça de se concentrer sur l'avenir plutôt que sur le passé. Peut-être avaient-ils tous grandi, comme lui.

— Je dois dire que tu n'es plus du tout comme dans mon souvenir, dit Moreley, jaugeant Ash, l'air perplexe face à ce qu'il voyait.

Ash imaginait parfaitement ce que lui et les autres pensaient : qu'il ne ressemblait guère au garçon maigrelet qui avait terminé Oxford avant eux dix ans plus tôt.

— Je pourrais dire la même chose de vous, répondit-il en observant le front dégarni de Moreley, la légère bedaine de Keldon et… quant à Thornaby… quoi ?

Il n'avait pas changé. Il était toujours aussi grand et anguleux, avec un nez long et de petits yeux affamés.

— Vraiment ? dit Keldon avec un regard vers ses amis. Nous n'avons absolument pas changé.

Les autres acquiescèrent et rirent entre eux, comme s'ils partageaient une plaisanterie privée.

C'était décourageant. Ash avait décidé depuis bien longtemps que le changement était une excellente chose.

Moreley renifla.

— Je ne vais pas te mentir. Lyndon nous manque terriblement.

Ash se garda de se renfrogner, à la fois pour ne pas insulter le trio qui se trouvait devant lui et parce qu'il était impoli de penser du mal des morts. Mais il avait bien du mal à ne pas penser du mal de l'ancien comte, son cousin sans morale.

Ash entendit la voix de sa mère, refrain permanent de sa jeunesse :

— *Nous devons plaindre le pauvre Lyndon, car il n'a pas eu l'amour et le soutien dont tu as bénéficié. Être élevé sans mère et avec un père froid et indifférent est une tragédie en soi.*

Cela n'avait pas rendu les abus de Lyndon sur Ash plus faciles à supporter.

Mais c'était du passé, et il voulait se concentrer sur l'avenir, même si c'était difficile, surtout ici et maintenant, lorsque ledit passé se trouvait face à lui.

— Je suis sûr que Lyndon préférerait être ici avec vous, constata Ash d'un ton égal.

Thornaby ricana.

— C'est évident !

— Nous tirerons demain en son honneur, annonça Moreley, dont la voix s'éleva en hommage.

Il jeta un regard de pitié à Ash.

— Dommage que tu ne puisses pas te joindre à nous.

Cela avait été vrai autrefois, et c'était sans doute toujours le cas, d'une certaine manière.

— Je peux, mais je choisis de ne pas le faire.

Il était nouveau dans le comté, et il n'avait jamais pratiqué la chasse sportive, pas plus qu'il n'avait envie de s'y initier. Contrairement à ce qu'ils supposaient, il était capable de monter à cheval *et* de tirer.

La surprise fit vaciller le regard noir de Moreley, qui échangea un regard entendu avec ses amis avant de reporter son attention sur Ash.

— Tu peux rester ici avec les femmes. Peut-être te laisseront-elles jouer aux cartes avec elles.

Keldon ricana.

— La solution parfaite.

— Ou bien vous pourriez vous arranger pour que moi, et tous ceux qui préfèrent ne pas chasser puissions monter à cheval, suggéra Ash en douceur, en regardant son hôte.

Malheureusement, le majordome interrompit la conversation avant que Thornaby puisse répondre.

— Lady Darlington et Lady Bianca Stafford, my lord, annonça le majordome avant de s'écarter pour laisser entrer les deux femmes dans le salon.

Cela faisait des années qu'il n'avait pas vu ces deux ladies, mais Ash les reconnut aussitôt. Lady Darlington était légèrement plus grande, avec des yeux gris-bleu qui scrutaient son environnement. Son attitude réservée se traduisait par une posture raide et ferme, les mains jointes à la taille.

Lady Bianca, en revanche, semblait déborder d'enthousiasme. Elle fit un pas vers eux, son regard bleu vif pétillant de curiosité et de vivacité. Bien que petite, elle donnait l'impression d'être une boule d'énergie fermement maîtrisée, les jambes légèrement écartées, les mains le long du corps, comme si elle était prête à s'élancer en avant à tout moment. Des boucles sombres encadraient son visage en forme de cœur.

Thornaby s'inclina.

— Bienvenue à Thornhill, Lady Darlington, Lady Bianca.

Les autres gentlemen s'inclinèrent à leur tour, murmurant un mot de bienvenue. Ash s'avança vers la marquise pour la saluer.

— C'est un plaisir de vous revoir, Lady Darlington.

Puis il se tourna, et offrit la même révérence à sa jeune sœur.

— Lady Bianca.

— J'ai bien peur de…

Quoi que Lady Darlington s'apprête à dire, elle fut interrompue par Keldon.

— Voici le nouveau comte de Buckleigh. C'était le cousin de Lyndon. Vous vous souvenez sûrement de ses cheveux roux.

Lady Darlington sourit, secouant la tête d'un air amusé.

— Comme c'est idiot de ma part ! Je suis ravie de vous revoir, my lord.

— Ash ? dit Lady Bianca en s'avançant vers lui. Je ne t'ai pas reconnu du tout ! Nous étions sincèrement navrées d'apprendre le décès de Lyndon. J'ai entendu dire que tu as hérité, et que tu vis désormais à Buck Manor.

Elle se souvenait de lui. Et elle l'appelait Ash sans réserve ni remords. Cela lui semblait normal, car, dans leur jeunesse, il était Ash, et elle était Bee.

— Oui, j'y suis, maintenant. C'est un peu… étrange.

Il n'aurait peut-être pas dû l'admettre à voix haute, mais c'était Bee, la fille qui l'avait suivi pendant tout un été pour ramasser des insectes et grimper aux arbres.

— Étrange ? répéta Thornaby plus fort que nécessaire. J'aurais plutôt dit charmant. C'est une amélioration de ta situation, c'est sûr.

— Peut-être que non, insista Bee en haussant les épaules. Ash a le droit de ressentir ce qu'il veut.

Elle lui adressa un sourire chaleureux qui illuminait ses yeux.

— J'imagine bien que c'est étrange… Buck Manor, le

comté, tout cela. Tu as l'étoffe d'un comte, ajouta-t-elle en le regardant avec approbation.

Bon sang ! Elle était vraiment directe, et n'avait absolument pas froid aux yeux. Ash ignorait que des personnes comme elle existaient.

Ensuite, elle se tourna brusquement vers leur hôte et soumit Thornaby au même examen visuel.

— Nous aimerions nous reposer avant le dîner. À quelle heure devons-nous descendre ?

On aurait dit que c'était elle qui décidait. Ash réprima un sourire.

— Six heures, répondit Thornaby, dont le regard oscillait entre Bee et sa sœur.

— Parfait. Et devons-nous nous attendre à danser ensuite ?

— Pour ceux qui le peuvent.

Thornaby jeta un regard dédaigneux à Ash, dont les épaules se contractèrent en réponse.

Ce dernier serra les dents, et tous ses muscles se tendirent.

Bee plissa ses yeux bleu vif en regardant Ash, avant de reporter son attention sur leur hôte.

— J'ignore ce que vous voulez dire par là, mais je suppose qu'il y aura des divertissements pour tout le monde. Dans le cas contraire, je ferai en sorte qu'il y en ait.

Thornaby s'inclina légèrement.

— J'en serais honoré, Lady Bianca. Je n'ai pas d'hôtesse, et si vous voulez jouer ce rôle…

— Vous dépassez les bornes, dit Lady Darlington d'un ton sec. Viens, Bianca.

Elle adressa à Thornaby un regard sévère avant de prendre le bras de sa sœur et de se retirer de la pièce.

— Elle est pleine de vitalité ! s'exclama Keldon en riant.

Thornaby passa une main sur le devant de sa veste.

— Je sais de source sûre que Hartwell veut se débarrasser d'elle dès que possible, de préférence avant d'avoir à lui offrir une saison. Cette fête est une excellente opportunité.

Moreley afficha un sourire qui dévoilait ses dents affreusement tordues.

— Effectivement, le moment est parfait. N'hésite pas à nous faire savoir comment nous pouvons t'aider dans ta démarche.

Hum, êtes-vous conscients que je me tiens juste là ? Ash ne posa pas la question à haute voix, mais il s'en fallut de peu.

À la place, il prit une autre grande inspiration, compta jusqu'à trois, et déclara :

— Il vous faudra un plan très solide pour conquérir Lady Bianca. Elle m'a dit une fois, il y a des années, alors que je vivais près de Hartwell, qu'elle ne se marierait jamais.

Jamais, au grand jamais, voilà ce qu'elle avait dit exactement. Ensuite, elle avait fait une vilaine grimace, comme si elle avait mangé une limace.

Était-ce le jour où elle avait léché une limace ? Il ne se souvenait plus très bien.

Keldon regarda Ash comme si lui-même était… une limace.

— Tu ne peux pas te fier à une chose qu'elle a dite étant enfant. Dans tous les cas, ce sera son tuteur, et, en l'occurrence, il s'agit de son frère, qui lui dictera ce qu'elle devra faire.

— Tout à fait, confirma Thornaby d'un air suffisant. Et sur cette base, je dirais que cette cour se déroulera exactement comme je l'entends.

Incapable de supporter un instant de plus leur arrogance et leur égocentrisme, Ash s'excusa et se rendit à l'entrée, où d'autres invités arrivaient. Il attendit patiemment le majordome, qui lui demanda s'il était prêt à être conduit à sa chambre.

— Oui, s'il vous plaît.

Alors qu'il gravissait les escaliers, il se demanda pourquoi il était venu.

Parce que tu es le comte, et que les comtes assistent à des fêtes.

Pff.

Parce que ce sont tes voisins, en quelque sorte, et que tu devrais apprendre à les connaître.

Rah !

Parce que tu as quelque chose à prouver.

Il serra les poings, réaction familière quand on savait qu'il avait passé les dix dernières années de sa vie à Londres. Non, il n'avait rien à prouver, surtout pas à ces « gentlemen » qu'il avait laissés en bas.

Le majordome le conduisit dans un grand salon où donnaient plusieurs portes.

— Voilà, my lord, dit le domestique en ouvrant l'une d'elles. Y aura-t-il autre chose ?

Ash jeta un coup d'œil à l'intérieur et aperçut Harris, son valet de chambre.

— Non, merci.

Avec un signe de tête, le majordome s'en alla, et Ash entra dans la chambre, refermant la porte derrière lui.

— Tout est déballé, my lord, annonça Harris avec son habituelle efficacité débordante.

Âgé de vingt-et-un ans à peine, il représentait sans doute un mauvais choix pour un valet de chambre, mais celui de Lyndon était parti après sa mort. Il avait donc dû en recruter un autre. Comme Ash manquait d'expérience en matière d'embauche de valets, il avait simplement promu le valet de pied le plus agréable et le plus enthousiaste qu'il avait pu trouver.

L'allure ne pouvait pas s'apprendre, contrairement à tout le reste.

— Merci, Harris. Nous avons encore du temps avant le dîner. Je vais sans doute lire.

Et élaborer un plan pour sauver Bee des avances de Thornaby. Si elle voulait être sauvée. Peut-être avait-elle changé d'avis au sujet du mariage. Thornaby avait raison de dire que l'on ne pouvait pas exiger d'elle qu'elle s'en tienne à des propos qu'elle avait tenus enfant.

Pourtant, la femme qu'il avait vue en bas ressemblait à s'y méprendre à la jeune fille confiante et extravagante dont il se souvenait. Le genre de femme qui écoutait les règles et s'empressait de les détourner à sa guise. Le genre de femme qui pourrait éveiller quelque chose au plus profond de lui s'il s'autorisait à y réagir.

Ash entreprit de retirer sa veste, et Harris se précipita pour l'aider. Une fois que ce dernier eut drapé le vêtement sur son bras, le comte tira sur sa cravate qu'il tendit également au valet.

— Cela suffira, dit-il, et Harris se rendit dans le dressing.

Se tournant vers l'âtre, Ash remarqua que son valet avait posé son livre de poésie sur une table à côté d'un fauteuil. Il s'assit et le prit, l'ouvrit, mais ne le lut pas. Au lieu de cela, il songea à Bee, et au plaisir qu'il ressentait de la revoir.

Si je m'autorise à réagir...

Non, il ne le ferait pas.

CHAPITRE 2

*L*e dîner s'éternisait, mais Bianca avait souvent cette impression. Jamais elle n'avait assez d'appétit pour tout ce qu'on lui proposait ni la patience de rester assise aussi longtemps qu'on l'attendait d'elle. Lorsque les femmes se retirèrent au salon, elle était plus que prête pour le début des divertissements.

Plus important encore, elle était impatiente de discuter de la Saint-Étienne avec le vicomte Thornaby. Elle s'était assise à côté de lui au dîner, mais chaque fois qu'elle avait tenté d'aborder le sujet de la fête, il l'avait balayé d'un revers de main en disant qu'ils en discuteraient plus tard. Puis il lui avait posé des questions absurdes. Peignait-elle ? Aimait-elle monter à cheval ? Aimait-elle le théâtre ? Était-elle impatiente d'aller à Londres ?

Non. Oui. Elle n'en savait rien, car elle n'était allée au théâtre qu'une seule fois. Et, sans le moindre doute, *non*.

Poppy l'accompagna dans le salon, et se dirigea vers un canapé.

— Je ne peux pas m'asseoir tout de suite, affirma Bianca.

— Bien évidemment. J'oublie qu'en général tu débordes d'énergie après un long repas, constata Poppy, qui secoua la tête en souriant. Comment j'ai pu l'oublier, c'est un mystère.

Bianca lui toucha doucement le bras.

— Tu as beaucoup de choses en tête.

Poppy ne répondit pas, mais son visage exprimait de la reconnaissance.

Mme Chamberlain et sa fille, qui avait quelques années de moins que Bianca, s'approchèrent d'elles.

— Nous sommes navrées que le duc ne vous ait pas accompagnées, dit Mme Chamberlain. Il doit être terriblement occupé maintenant qu'il a hérité.

Elle avait raison pour la partie « terrible ».

— Oui, répondit Bianca.

Que pouvait-elle dire d'autre ? Qu'il avait voulu venir, mais qu'il n'avait pas pu se libérer ? Ce serait sans doute suffisant, mais il ne méritait pas d'excuses. Les gens n'avaient qu'à penser ce qu'ils voulaient.

— J'imagine que nous le verrons à l'assemblée du mois prochain, et à la Saint-Étienne ensuite, dit Mme Chamberlain, regardant sa fille avec fierté. Je me demande s'il se souviendra de ma Marianne.

Bianca ouvrit la bouche pour conseiller à cette pauvre femme d'oublier tout espoir d'alpaguer Calder, mais Poppy prit la parole en premier.

— J'imagine que ce sera le cas. Si vous voulez bien nous excuser ?

Elle lui offrit un sourire bienveillant, puis passa son bras sous celui de Bianca et l'éloigna.

— Tu ne penses pas vraiment que Calder assistera à l'assemblée, pas avec son comportement.

— Effectivement, mais ce n'est pas à nous de le dire, insista Poppy en fronçant les sourcils. Cependant, nous devrions peut-être mentionner que la fête de la Saint-Étienne n'aura pas lieu.

— Non ! répliqua Bianca d'une voix basse, mais insistante. J'ai dit que personne ne devait le savoir !

Poppy lui prit la main.

— Et je t'ai dit que tu n'arriverais pas à le faire changer d'avis. Plus tôt tu l'accepteras, mieux tu te porteras. En fait, si le comportement de Calder ne s'arrange pas, et, honnêtement, je ne compte pas là-dessus, tu devrais venir passer Noël avec nous.

Ah ! C'était précisément ce que Bianca mourait d'envie de faire : s'immiscer dans le foyer qu'elle formait avec Gabriel, alors que Poppy étouffait de désespoir.

— Merci, mais Hartwell, c'est ma maison. Et, en tant que telle, je devrais avoir mon mot à dire sur ce qui s'y passe, y compris décider s'il y aura ou non une fête de la Saint-Étienne.

Posant un regard incrédule sur sa sœur, Poppy dit :

— Tu ne peux pas l'organiser sans la permission de Calder. Comment pourrais-tu payer ? Et ce n'est que le début. Le personnel ne s'opposera pas à lui.

— Mais ils voudront faire la fête !

La frustration de Bianca ne faisait que grandir, même si elle savait que Poppy avait raison. Elle ne pouvait pas organiser la fête sans le soutien de Calder.

Elle n'était pas certaine d'être toujours d'humeur à se divertir. Naturellement, ce fut à cet instant que les gentlemen entrèrent dans le salon. Son regard se posa aussitôt sur Ash, sans doute à cause de ses magnifiques cheveux roux. Elle les avait toujours trouvés fascinants. Elle, comme son frère et sa sœur, avait des cheveux sombres, raides et ennuyeux. Mais ceux d'Ash étaient faits de lumière, de feu et d'énergie.

— Lord Buckleigh semble bien différent, murmura Poppy.

— Vraiment ? demanda Bianca, son regard s'attardant toujours sur lui.

— Tu ne te souviens pas comment il était ? Il avait des difficultés d'élocution, et il... il avait des tics.

Bianca tenta de se souvenir, mais en vain. Elle secoua la tête.

— Cela ne ressemble pas à l'Ash que j'ai connu.

— C'était plus tard, juste avant qu'il ne parte à l'école avec son cousin, expliqua Poppy. J'en étais peut-être plus consciente, parce que nous sommes plus proches en âge. Il était aussi plutôt petit. À le voir aujourd'hui, on ne dirait pas.

Vraiment ? Bianca n'avait aucun souvenir de cela non plus, mais *elle* était petite à cette époque, sa perspective était donc différente, sans doute. Qu'il ait été petit ou non, ce n'était pas le cas aujourd'hui. Il était plus grand que tous les autres hommes dans la pièce, avec de larges épaules et de longues jambes athlétiques.

Il n'avait plus de taches de rousseur non plus, seulement des pommettes sculptées et une mâchoire légèrement carrée. Il balaya la pièce du regard, jusqu'à ce que celui-ci se pose sur elle, et un léger sourire se dessina sur le côté de sa bouche.

Thornaby s'avança vers le piano dans le coin de la pièce.

— Ma sœur jouera pour ceux qui veulent danser.

D'un geste, il indiqua un espace ouvert près de l'instrument, où tous les meubles avaient été retirés. Puis il se dirigea directement vers Bianca.

— Puis-je avoir le plaisir de la première danse ?

Elle ne pouvait pas refuser, et son humeur avait besoin d'être améliorée.

— Oui, merci.

Elle lui donna la main, et ils se dirigèrent vers la piste de danse improvisée, où ils formèrent un carré avec un autre couple.

Lorsque la musique débuta, il dit :

— Au sujet de la fête de la Saint-Étienne… ce sera étrange de ne pas en avoir cette année.

Bianca manqua de trébucher.

— Quoi ?

— La fête de Saint-Étienne, répéta Thornaby en la regardant d'un air légèrement confus. Le duc m'a envoyé une lettre m'indiquant qu'elle n'aurait pas lieu. J'ai supposé que c'était ce dont vous essayiez de parler au dîner.

Il avait donc changé exprès de sujet, alors qu'elle avait manifesté l'envie d'en parler. Elle serra les dents. Son humeur ne s'améliorait *pas*. Elle n'avait plus d'espoir non plus de garder secrète la décision de Calder jusqu'à ce qu'elle parvienne à le faire changer d'avis.

— Je suis surprise qu'il vous ait écrit. Nous sommes toujours en train de discuter de l'opportunité de l'organiser.

— Ah ! Eh bien, il faudra que je sache rapidement, car nous prenons nos dispositions longtemps à l'avance.

Sa famille fournissait la nourriture et la bière pour la fête, tout comme une poignée d'autres familles de la noblesse locale.

— Vous avez dit que la fête de la Saint-Étienne n'aurait pas lieu ? demanda l'autre jeune femme de leur carré.

Il s'agissait de Mlle Keldon, dont le partenaire était M. Lamphrey.

— C'est exact, déclara Thornaby.

— Pas tout à fait, le contredit Bianca. Mon frère réfléchit à la question de l'organiser. Il se trouve un peu dépassé par le duché ; je dois simplement le convaincre que nous pouvons gérer l'événement.

Elle afficha ce qu'elle espérait être un sourire serein, alors même que ses entrailles étaient en ébullition. Calder ne serait pas heureux d'entendre qu'elle avait affirmé qu'il était dépassé. Il dirait qu'une fois encore, ses mots avaient dépassé sa pensée.

Elle retrouva Thornaby au centre du carré, et il posa ses mains sur celles de la jeune femme avant qu'ils ne s'écartent.

— Il semblait plutôt ferme dans sa lettre, insista Thornaby. Ce n'est pas la fin du monde. Il s'agit d'un événement de grande envergure. Mon père a toujours dit qu'il était heureux de ne pas être le duc de Hartwell, pour ne pas avoir à l'organiser.

Il éclata de rire, et Lamphrey se joignit à lui.

— Eh bien, mon père adorait le faire. Tout comme moi. Ainsi que nos domestiques et nos locataires. Et toute la ville.

— J'adorais aussi, intervint Mlle Keldon en signe de solidarité.

— Hélas, toutes les bonnes choses ont une fin.

Le ton de Thornaby était empreint d'une note de supériorité. Il se tourna vers Lamphrey.

— Qui a dit cela ?

— Shakespeare, affirma Lamphrey avec assurance.

— En réalité, c'est Chaucer qui en est à l'origine, répliqua Bianca, avec un certain dégoût.

Elle endura le reste de la danse avant de retourner rapidement auprès de sa sœur. Qui discutait avec Ash.

Il sourit chaleureusement à l'approche de Bianca, et une partie de son agitation s'évanouit. Pas totalement, cependant. Elle regarda Poppy.

— Calder a envoyé une note à tout le monde pour annoncer qu'il n'organiserait pas la fête.

Poppy expira doucement et lui jeta un regard compatissant.

— Je suppose que les jeux sont faits, alors.

— Tu n'imagines pas que je vais cesser d'essayer ?

Avec un petit rire, Poppy leva les mains.

— J'aurais dû m'en douter.

— Quelle fête ? s'enquit Ash, l'air confus.

— La fête annuelle de la Saint-Étienne, l'informa Poppy.

Ash hocha la tête.

— Je m'en souviens. Un événement de taille à Hartwood. De la nourriture, des jeux et des réjouissances, quel que soit le temps. Cela m'a manqué lorsque je vivais à Londres. Je suppose que c'est la première année où elle n'aura pas lieu ?

— Comme toi, notre frère a hérité de son titre cette année, et il a décidé de ne pas l'organiser, expliqua Bianca, sourcils froncés. J'essaie de le faire changer d'avis. Tout le monde attend cet événement avec impatience, et ce n'est pas comme si nous n'en avions pas les moyens.

Poppy haussa les sourcils, et elle jeta un regard à Bianca, l'air de lui demander : « En es-tu certaine ? »

Évidemment qu'elle en était certaine. Avant son décès, leur père avait annoncé à Bianca qu'elle recevrait un important capital, qui constituerait sa dot. À moins qu'elle ne se marie pas. Elle lui appartiendrait le jour de son vingt-cinquième anniversaire. Elle doutait de pouvoir disposer d'une telle somme si le duché n'était pas en excellente santé financière.

— Si quelqu'un peut le faire changer d'avis, je suis convaincu que c'est toi, lui dit Ash d'un ton encourageant.

Il jeta un œil vers la piste de danse.

— Nous avons manqué cette danse, mais puis-je te demander l'honneur d'être ton partenaire pour la prochaine ?

Une fois de plus, elle pouvait difficilement refuser sans paraître impolie, mais elle ne voulait pas se retrouver coincée dans un carré avec Thornaby ou rester en ligne avec lui.

— En fait, cela te dérangerait-il d'aller faire une promenade à la place ? Je ne crois pas pouvoir supporter une autre danse.

Elle lut la surprise dans son regard, et il sembla hésiter avant de répondre.

— Absolument pas.

Il lui offrit son bras et regarda Poppy qui inclina la tête.

Bianca posa la main sur son bras, et ils commencèrent à faire le tour du salon.

— La promenade ne sera pas très longue. Nous devrons faire deux tours.

— Au moins.

Elle répondit à l'humour dans sa voix par un sourire.

— C'est vraiment agréable de te retrouver. Avais-tu imaginé devenir comte un jour ?

Il secoua la tête.

— Je suppose que j'aurais dû le faire après la mort de mon oncle il y a quelques années, mais je pensais que Lyndon se marierait et qu'il aurait des fils, un point c'est tout.

— Il m'a sollicitée au début du printemps dernier.

Bianca se souvenait des tentatives de Lyndon pour la charmer. Mais elle était trop occupée à prendre soin de son père pour y prêter attention. En fait, elle lui avait demandé de ne plus la contacter.

— Je pense qu'il espérait se mettre en couple.

— Et il a lamentablement échoué, apparemment.

— Ce n'était pas sa faute. Mon père était malade. Ce n'était pas le bon moment.

Oh mince ! On aurait dit qu'elle aurait pu apprécier que Lyndon lui fasse la cour, alors qu'elle était presque certaine qu'elle l'aurait repoussé indépendamment de ce qui se passait dans sa vie.

Il lui lança un regard d'excuses.

— Mes condoléances. J'ai toujours apprécié ton père.

— Merci. Bonté divine, ton cousin et lui sont morts à moins d'un mois d'intervalle !

— Vraiment ? demanda Ash en penchant la tête. Je crois que tu as raison. C'est une bonne chose que tu n'aies pas épousé mon cousin : une double tragédie aurait été atroce à vivre !

— Cela ne serait jamais arrivé, même si mon père avait été en bonne santé. Je ne crois pas que ton cousin et moi aurions pu nous entendre. En fait, je ne suis pas sûre que le mariage soit fait pour moi.

Il éclata de rire, à la grande surprise de Bianca.

— Tu as juré de ne jamais te marier.

Elle éclata de rire à son tour.

— Tu t'en souviens ?

Il croisa son regard.

— Je me rappelle beaucoup de choses.

Une chaleur inconnue jaillit dans la poitrine de Bianca, et s'y épanouit. Elle détourna sa tête de celle d'Ash.

— Nous avons fait un tour.

— Effectivement. Je dois t'avertir que Thornaby a l'intention de te faire la cour. Il veut se déclarer au cours de cette fête, si je ne me trompe pas.

Elle ne se retint pas de faire la grimace.

— J'espère que tu te trompes.

— Je ne crois pas.

Elle repensa à sa danse avec Thornaby et soupira de dégoût.

— Non, je ne crois pas non plus, dit-elle avec un long regard de côté. Qu'a-t-il dit ?

— Tu veux que je parle librement ?

Elle leva une épaule.

— Nous l'avons toujours fait.

— Nous étions des enfants.

— C'est tellement dommage que les enfants puissent se dire tout ce qu'ils veulent, alors que lorsque nous devenons adultes, nous hésitons, réfléchissons, et nous censurons, lui dit-elle avec un regard narquois. J'ai bien peur de ne pas être très douée pour cela.

Il ricana.

— Je ne m'attendais pas à ce que tu le sois... Pas la Bee dont je me souviens.

— Vas-tu me répéter ce qu'a dit Thornaby, ou non ?

Ash lui sourit.

— Il a dit que ton frère était impatient de te marier, de préférence avant d'avoir à payer pour ta saison. Je ne peux pas croire que ce soit vrai : Thornaby n'est qu'un imbécile.

Il jeta un regard à Bianca, les yeux légèrement écarquillés.

— Mes excuses, murmura-t-il.

— Tu n'as pas besoin de t'excuser. Thornaby est réellement un imbécile, pour autant que je sache. Et malheureusement, c'est bien le genre de mon frère. En fait, il est plutôt horrible, expliqua-t-elle en agitant la main. De toute manière, cela n'a pas d'importance, puisque je ne veux pas de saison. Londres ne m'intéresse pas.

Elle le regarda.

— As-tu vécu là-bas ?

— Pendant dix ans.

— Et tu as aimé ?

— Beaucoup.

— Pourquoi ? l'interrogea-t-elle, car elle voulait sincèrement savoir.

— C'est une longue histoire, et nous sommes presque à la fin de notre deuxième tour.

Bianca afficha une fausse moue.

— Ce n'est pas très juste. Me raconteras-tu une autre fois ?

— Avec grand plaisir.

Ils arrivèrent auprès de Poppy, et Bianca retira à contre-cœur sa main du bras d'Ash pour aller se placer à côté de sa sœur. Cette conversation ouverte et honnête avait été rafraîchissante.

— Vas-tu à la chasse demain matin ? s'enquit Bianca.

Il secoua la tête.

— Je ne chasse pas.

Le cœur de la jeune femme s'emballa. Elle n'avait jamais compris qu'on puisse chasser pour le sport, avec les chiens et tout le reste.

— Oh !

— En revanche, j'aime tirer et monter à cheval. J'ai tenté de convaincre Thornaby d'organiser une excursion pour ceux d'entre nous qui ne chassent pas. Mais je ne crois pas qu'il m'ait écouté.

— Alors, permets-moi de t'aider, proposa Bianca en plissant les yeux. Nous nous verrons demain.

Elle se retourna brusquement et se dirigea vers Thornaby, qui venait de quitter la piste de danse.

En l'espace de cinq minutes, il avait accepté d'organiser une promenade à cheval pendant la chasse, et une compétition de tir séparée dans l'après-midi. Alors qu'elle revenait auprès de Poppy, elle se rendit compte qu'elle pourrait sans doute le manipuler pour qu'il organise la fête de la Saint-Étienne. Si elle le voulait.

Elle n'était pas sûre de le vouloir. Il serait un hôte épouvantable. Malheureusement, elle n'avait peut-être pas d'autre choix.

Son regard se porta sur Ash, qui discutait avec deux jeunes femmes. Il serait un bien meilleur hôte. Sauf que son domaine était trop éloigné. Ils devraient transporter tout le monde sur plus de quinze kilomètres.

Le cerveau de Bianca était en ébullition…

— Tu réfléchis encore, dit Poppy en la regardant d'un œil inquisiteur.

Un sourire se dessina sur les lèvres de Bianca.

— Toujours.

⁓

*L*e temps ce matin-là était légèrement couvert et plutôt froid. En conséquence, seules deux personnes se présentèrent pour la promenade à cheval : Ash et Bee. Des palefreniers les accompagnaient, trois pour être précis.

Ash se demanda si elle allait se désister, vu qu'il n'y avait qu'eux. Au lieu de cela, elle semblait… satisfaite ?

Les yeux de Bee brillaient dans la lumière du milieu de matinée lorsqu'elle balaya les environs du regard.

— Rien que nous, alors ?

— C'est ce qu'il semblerait, lui répondit Ash.

Elle lui adressa un sourire espiègle.

— Charmant.

Elle se dirigea vers le montoir et grimpa sur le cheval que Thornaby avait mis à sa disposition.

Ash enfourcha son cheval et s'approcha de Bee.

— Est-ce acceptable ? Nous seuls en promenade, je veux dire.

Elle haussa les épaules.

— Est-ce important ?

Il éclata de rire.

— Tu es aussi audacieuse que dans mon souvenir.

— Est-ce une bonne chose ? s'enquit-elle alors qu'ils sortaient de la cour de l'écurie.

— Je pense que oui. En tout cas, c'est tout sauf ennuyeux.

— Est-ce dangereux ? Les femmes ennuyeuses ?

— Tout ce qui est ennuyeux est dangereux.

— Je suis tout à fait d'accord. Que faisais-tu à Londres pour chasser l'ennui ? Tu m'as promis de me dire pourquoi tu aimais vivre là-bas.

Ash lui jeta un regard taquin.

— Je ne me souviens pas t'avoir promis quoi que ce soit.

Bee leva les yeux au ciel.

— J'exagère peut-être.

— Toi ? Jamais !

Il avait un souvenir précis de la fois où elle avait dit avoir vu un loup, mais lorsqu'il lui avait rappelé qu'il n'y avait pas de loups en Angleterre, elle avait admis qu'il s'agissait simplement d'un gros chien.

— J'ai bien envie de faire la course ; ensuite, je te parlerai de Londres, d'accord ?

Elle hocha la tête, puis lui adressa un sourire timide.

— On y va ?

Ils étaient sortis de la cour de l'écurie et gravissaient la petite colline qui surplombait le parc attenant au domaine de Thornaby. Elle n'attendit pas sa réponse pour lancer son cheval au galop.

— Bon sang de bonsoir ! marmonna-t-il, à la fois ravi et impatient.

Il dirigea sa monture vers elle, et fit de son mieux pour la suivre.

Ce fut elle qui l'emporta à la fin, mais il n'avait pas fourni beaucoup d'efforts pour la dépasser. Il avait pris beaucoup trop de plaisir à la regarder.

Lorsqu'il la rattrapa, elle souriait, essoufflée, et caressait l'encolure de son cheval.

— Tu m'as enfin rattrapée ?

— Tu es une cavalière exceptionnelle, déclara-t-il.

— Merci. Je ne t'ai pas beaucoup vu, mais comme tu as persévéré, j'imagine que tu es plutôt doué toi aussi.

Il rit de son arrogance.

— Je suis passable.

— Ne te dévalorise pas. Tu es plus que cela.

Elle commença à ramener son cheval par le chemin qu'ils avaient emprunté. Les palefreniers les talonnaient.

— Maintenant, parle-moi de Londres.

— Tu n'y es vraiment jamais allée ?

Elle secoua la tête.

— Mon père ne m'a jamais encouragée à le faire lorsque j'étais plus jeune, et il ne m'est pas venu à l'esprit de demander. Je suis plutôt heureuse de ma vie dans le comté de Durham. Mais j'imagine qu'il y a beaucoup à faire et à voir à Londres.

— Oh, oui ! Le théâtre. Le British Museum. L'exposition de la Royal Academy. Hyde Park. Et bien plus encore.

Il songea à ses endroits préférés... nulle part où elle pourrait se rendre.

— Qu'est-ce que tu appréciais dans ta vie là-bas ? Les endroits à visiter ? Pour tromper ton ennui ?

Elle posa la dernière question avec un sourire coquin.

Elle flirtait ? Peut-être. Il n'était pas particulièrement doué pour cela, et il n'était pas sûr de savoir à quoi cela ressemblait. Il n'avait aucune expérience du marché du mariage ni de la séduction de manière générale.

— Il était difficile de s'ennuyer. J'ai été admis aux Inns of Court[1] et j'ai travaillé comme avocat.

Elle parut impressionnée, promenant un regard admirateur sur lui.

— Bien joué ! Que faisais-tu pour t'amuser ?

Il frappait des gens.

Heureusement, il ne l'avait pas dit à haute voix. La boxe avait été sa véritable passion, un moyen d'évacuer cette colère qu'il avait nourrie pendant tant d'années à l'école, et de contrôler ses pulsions. L'élocution, la toux et les raclements de gorge, les tics.

Peu de temps après son arrivée à Londres, il avait assisté à un match. Cela l'avait mené à prendre des leçons, et il avait fini par participer lui-même à des combats. Rien de prestigieux, mais de petites compétitions qui lui permettaient d'affiner ses compétences et d'apprendre la maîtrise de soi. Et de se forger une réputation de pugiliste redoutable, ce qui n'était pas dans ses intentions.

— Je… euh… je n'avais pas beaucoup de temps libre. Mais j'aimais monter à cheval.

Elle plissa les yeux en le regardant.

— Ce n'était absolument pas une longue histoire ! Tu t'es moqué de moi hier soir.

— Hum, tu as peut-être raison. Cela a duré dix ans, donc j'ai l'impression que c'est une longue histoire.

Il chercha ce qu'il pouvait lui dire sans en révéler trop. Après tout, c'était une jeune lady.

Bon sang ! Elle était aussi *Bee*.

— J'ai adoré Londres, lui dit-il, réfléchissant à la manière dont il avait changé pendant son séjour dans cette ville. C'est là que je suis devenu qui je suis. Je ne pense pas que cela se serait produit si j'étais revenu ici à la fin de mes études à Oxford.

De toute manière, il n'en avait pas eu envie, pas après tout ce qu'il avait enduré là-bas.

— C'est devenir avocat qui a permis cela ? lui demanda-t-elle, l'air sceptique. Je crois qu'il y a plus à dire dans ton histoire. Peut-être qu'un jour tu me raconteras.

Il en avait envie.

— Peut-être qu'un jour je le ferai.

Ils firent trotter leurs chevaux pendant quelques minutes, puis ralentirent à nouveau à l'approche de Thornhill.

— Je me demande si tu pourrais me donner ton avis sur quelque chose, dit-elle en le regardant d'un air interrogateur.

— Je le ferai si je peux.

— Je parie que tu connais Thornaby mieux que moi. Crois-tu qu'il pourrait organiser la fête de la Saint-Étienne ?

— Pourquoi ferait-il… ?

Il s'interrompit. Il avait beau s'efforcer de se maîtriser, parfois des choses lui échappaient. Il étira son cou.

— Je ne crois pas le connaître assez pour le dire.

— J'espère ne pas t'avoir fâché avec ma question.

Oh, non ! Il n'avait pas voulu lui donner cette impression.

— Pas du tout, répondit-il, cherchant à faire diversion. Pourquoi ton frère n'organise-t-il pas la fête ?

— J'aimerais le savoir. Je veux dire, je voudrais en connaître la vraie raison. Il se contente de dire qu'il ne le fera pas. Il n'a pas de bonne raison. Pour autant que je sache, il n'a pas de raison du tout.

Ash ne connaissait pas très bien Calder Stafford. Il avait quitté Oxford au moment où Ash et Lyndon y arrivaient, et il ne l'avait croisé qu'en de rares occasions à Londres.

— Je suis désolé qu'il se montre difficile. C'est vraiment dommage qu'il ne l'organise pas. Ou du moins, qu'il ne te donne pas de bonne raison de ne pas le faire.

— Oui, il nous doit bien cela, à défaut d'autre chose.

Il cligna des yeux.

— Nous ?

— À moi. À nos domestiques et nos locataires. Aux villageois. À toi.

— À *moi* ?

— Tu serais venu, n'est-ce pas ?

— Sans doute.

Il n'avait absolument pas pensé à cet événement. Il était suffisamment occupé à réfléchir à son premier Noël en tant que comte à Buck Manor.

— Ta mère se trouve-t-elle à Buck Manor en ce moment ? Il me semble que je ne l'ai pas vue à Hartwell ces derniers mois.

— Elle est venue me rejoindre en juillet dernier. Maintenant que j'y pense, elle sera déçue au sujet de la fête.

— Il faut qu'elle ait lieu ! insista Bee alors qu'ils pénétraient dans la cour de l'écurie. Tout le monde sera déçu. Calder va devoir se raviser.

— Et si ce n'est pas le cas ?

Un palefrenier vint à leur rencontre et Ash descendit de sa monture. Il passa rapidement les rênes au domestique, puis alla aider Bee.

Elle se dirigeait vers le montoir, mais s'arrêta en le voyant approcher. Le palefrenier prit ses rênes, et elle se tourna pour placer ses mains sur les épaules d'Ash, puis se laissa glisser de la selle.

Ash lui serra fermement la taille. Lorsqu'elle fut debout face à lui, il vit la profondeur cobalt de ses yeux et sentit le doux parfum de son savon floral. Une chaleur surprenante le gagna, l'emplissant d'une chose à laquelle il ne s'attendait pas : du désir.

Retirant ses mains de la jeune femme, il recula.

Elle passa les mains sur sa jupe, apparemment insensible à leur bref contact. Et pour quelle raison aurait-elle ressenti la même chose que lui ? En fait, il commençait à douter d'avoir ressenti quoi que ce soit. Il était simplement heureux de la revoir après tant d'années.

— Pour répondre à ta question, dit-elle, si Calder ne change pas d'avis, je dois trouver une autre solution. Même si cela me coûte de le faire, je crois que je dois demander à Thornaby s'il veut bien s'en charger.

Thornaby serait ravi de l'aider. Mais il était aussi incroyablement avare, ou du moins il l'avait été, et Ash était convaincu que cela n'avait pas changé. Cependant, il voulait établir une relation avec Bee, et il n'aurait pas été surpris que cet homme cherche à se servir de la requête de la jeune femme à son propre avantage.

— Sois prudente, lui conseilla-t-il.

— Je le suis toujours.

Elle se tourna vers la maison, une brise agitant les boucles sombres autour de son visage.

Ash rit.

— Comme cette fois où tu as grimpé si haut dans l'arbre que j'ai dû y monter pour t'aider à descendre ?

— Oui, exactement comme cela !

Il rit plus fort.

— En quoi est-ce faire preuve de prudence ?

Elle lui sourit.

— Parce que je savais que tu étais là pour me sauver.

Son rire se coinça en travers de sa gorge, mais il le força à sortir, de peur qu'elle ne se rende compte de l'effet de ses paroles sur lui. Et comment cela se faisait-il ?

— La femme que tu es aujourd'hui voudrait-elle vraiment être sauvée ?

Elle s'arrêta et se tourna vers lui.

— Non ! répondit-elle en levant les yeux vers lui. Comment le sais-tu ?

Il ne le savait pas, mais il l'avait deviné. Elle avait toujours été sûre d'elle, presque téméraire même. Et elle semblait toujours aussi franche et intrépide.

— Cela me paraissait logique que tu sois devenue une personne capable de prendre soin de toi.

Elle le regarda avec une fierté inébranlable.

— Merci.

Ils poursuivirent leur route vers la maison.

— Malgré tout, si je peux t'aider d'une quelconque manière, j'espère que tu me le demanderas.

Ils atteignirent la porte et elle s'arrêta.

— Je le ferai. Contrairement à toi, je vais te faire une promesse. Et je m'y tiendrai.

Son regard devint grivois, et il se dit qu'elle flirtait. Une fois encore. Peut-être.

— Je ne t'ai pas fait de promesse, répéta-t-il d'un ton doux. Mais quand j'en fais, je m'y tiens.

Il lui ouvrit la porte.

Elle soutint son regard un long moment, puis le coin de sa bouche se releva.

— Bien.

CHAPITRE 3

*B*ianca et Poppy sortirent de la maison et se dirigèrent vers la pelouse où se déroulait le concours de tir. Bianca espérait qu'ils avaient prévu de permettre aux femmes de participer. Et si ce n'était pas le cas... elle tirerait de toute façon.

La plupart des invités de la partie de campagne étaient présents. Bee repéra aussitôt Ash qui se tenait à l'écart d'un groupe de gentlemen.

— On dirait que les spectateurs sont là-bas, constata Poppy avec un geste vers la droite, où la plupart des invités étaient rassemblés.

Tous les autres, y compris quelques valets de pied, étaient rassemblés près d'une table. Au-delà, il y avait trois cibles.

— Tu veux tirer ? s'enquit Poppy.

— Oui.

— Papa serait fier.

Poppy parlait d'une voix douce. Leur père lui manquait, mais pas autant qu'à Bianca, sans doute parce que c'était elle qui s'était occupée de lui dans les dernières années de sa vie. Poppy était déjà mariée avec le marquis de Darlington. Et, bien sûr, Calder était parti à Londres pour endurcir son cœur.

— Tu pourrais tirer aussi, suggéra Bianca, même si elle savait que sa sœur refuserait.

Poppy éclata d'un rire sincère.

— Personne n'a envie de voir cela ! Je n'ai jamais eu tes compétences. Et franchement, jamais je n'ai eu envie d'apprendre.

— Non, tu es une femme bien plus convenable.

— Parce que j'aime chanter et jouer de la musique ? demanda Poppy avec un air taquin.

— Parce que tu es douée pour ces deux choses-là, comme pour la broderie et tout ce qui a trait à la vie domestique. Toutes ces choses pour lesquelles je n'ai aucune aptitude.

Bianca sourit avec fierté.

— Ce n'est pas vrai. Tu es parfaitement capable d'organiser et de gérer toutes sortes de choses. Il s'agit là d'un talent domestique exceptionnel.

— Sans doute, oui, répondit Bianca, fixant le champ de tir avec détermination. Ils ont intérêt à me laisser tirer. Je ne vois pas une seule femme là-bas.

— Je crains pour eux s'ils ne le font pas, déclara Poppy d'un air amusé.

Bianca lui jeta un regard noir, puis s'avança vers la zone de tir. Ash la vit approcher, et haussa un sourcil auburn.

— Bonjour, Lady Bianca, la salua Thornaby, ses lèvres minces s'étirant en un sourire condescendant.

Non, ce n'était pas juste. Bianca ne devait pas partir du principe qu'ils n'allaient pas la laisser participer.

— Êtes-vous venue nous souhaiter bonne chance ? lui demanda-t-il, l'air impatient.

Elle bascula en avant sur ses orteils.

— Pas du tout. Je suis venue pour tirer.

Thornaby écarquilla les yeux, et quelqu'un éclata de rire.

Suivi d'une deuxième personne. Puis d'une troisième. Si le vicomte ne s'était pas joint à eux, il tentait visiblement de se retenir de sourire.

— Je crains que ce concours ne soit réservé qu'aux gentlemen, déclara-t-il d'un ton légèrement condescendant. Vous pourrez regarder de là-bas.

Il fit un geste en direction des spectateurs.

Bianca s'obligea à afficher un sourire mielleux.

— Avez-vous peur que je vous batte ?

Sa question déclencha davantage de rires.

— Elle n'a pas froid aux yeux, constata Moreley, tordant la bouche pour parler discrètement.

— Elle a battu Rougeaud à la course un peu plus tôt. Pardon, je veux dire Buckleigh.

Plusieurs gentlemen tournèrent la tête vers Ash en ricanant. Moreley s'était excusé, mais il ne semblait pas sincère. Et, pour Bianca, il ne s'était pas excusé pour avoir mentionné la course. Non, il s'était corrigé après avoir appelé Ash « Rougeaud ». S'agissait-il d'un surnom ?

— À plate couture, à ce qu'on m'a dit, affirma un autre gentleman.

Bianca remarqua que personne ne la regardait avec admiration ou approbation : ils jetaient tous des regards moqueurs à Ash. Il garda le silence, le visage impassible.

— Ce n'était pas une course, affirma-t-elle, quand bien même elle l'avait réellement défié.

Elle avait senti qu'il ne faisait pas vraiment la course avec elle.

Comment l'un d'entre eux avait-il pu en entendre parler ? Elle jeta un regard noir en direction des écuries, se disant qu'il devait s'agir d'un des palefreniers. Elle détestait les domestiques à la langue bien pendue, et elle était ravie de ne pas en avoir à Hartwell.

— C'en était une, et tu as gagné, affirma Ash, et tout le

monde tourna la tête vers lui. Je n'ai aucun problème à perdre contre une femme.

Il fixa Thornaby, attendant une remarque de sa part.

— Pourquoi ne pas la laisser tirer ?

— Parce que les récompenses ne sont pas destinées à des femmes, répondit-il d'un air contrarié.

Il se retourna vers Bianca et esquissa un pathétique sourire.

— Pourquoi ne pas nous faire une démonstration de vos compétences avant la compétition ?

— C'est une excellente idée, affirma Ash. Ses performances pourront toujours être mesurées à celles de tous les autres.

Il la regarda droit dans les yeux, et jamais Bianca ne s'était sentie aussi incluse ou… présente. Elle se laissa emporter par ce moment jusqu'à ce qu'elle s'oblige à parler.

Elle se tourna vers Thornaby.

— J'accepte.

Il semblait déconcerté. Il échangea un regard avec l'un des autres gentlemen, sourcils froncés. Bianca retint son souffle. La laisserait-il tirer ou provoquerait-il une scène plus grande encore ?

Il posa son regard sur elle.

— Quelle arme souhaitez-vous utiliser ?

Il parlait d'une voix tendue, comme si le simple fait de poser la question lui était douloureux.

Elle dut se mordre la langue pour ne pas rire. Et il espérait lui faire la cour ? Passant devant lui pour se rendre à la table, elle examina la demi-douzaine d'armes qui y étaient exposées. En plus d'un pistolet à silex Manton, on y trouvait un pistolet à manchon pour dame. Trois ans plus tôt, son père lui en avait offert un. Il semblait petit par rapport aux autres, mais elle savait qu'il était tout aussi puissant. Elle était tout de même surprise de le voir sur la table avec les autres armes, car on ne l'utilisait généralement pas pour le tir à distance. Pourquoi l'inclure ?

Ravalant son sourire, elle attrapa le pistolet à manchon, puis fronça les sourcils.

— Il est déjà chargé.

— Bien sûr, dit le vicomte.

— Je préfère charger moi-même.

Elle n'insista pas. Elle était déjà contente d'être autorisée à tirer. *Autorisée.* L'amertume lui monta à la gorge, et elle la ravala en contournant la table.

— La cible que j'utilise a-t-elle une importance ? s'enquit-elle.

— Non, il vous suffit de la désigner avant de tirer, répondit quelqu'un d'autre que Thornaby.

— Celle du milieu, annonça-t-elle en soulevant le pistolet.

Fixant la cible, une pièce de vaisselle au sommet d'un poteau, elle pressa la détente.

La faïence se brisa et s'envola du poteau sous un chœur d'encouragements venus des spectateurs. Et de l'un des gentlemen. Elle se retourna. C'était Ash, bien sûr. Il applaudissait en souriant.

Une bouffée de plaisir submergea Bianca. Elle exécuta une petite révérence.

— C'était un coup de chance, dit Keldon en regardant la poterie qu'elle avait détruite et qui jonchait maintenant le sol autour du poteau.

Il paraissait choqué, comme s'il n'arrivait pas à croire ce qu'il avait vu.

Un sentiment d'irritation lui picota la nuque.

— Ce n'était pas de la chance. Dois-je faire une nouvelle démonstration ? demanda-t-elle d'un air faussement innocent. Peut-être avec le Manton ?

Thornaby s'approcha d'elle.

— Je pense que c'est suffisant pour aujourd'hui. Merci pour la… démonstration.

Bianca se retint de répliquer. Voilà pourquoi le mariage ne l'intéressait absolument pas. Elle n'avait encore jamais rencontré d'homme qui considère véritablement les femmes comme des personnes ayant les mêmes mérites et les mêmes capacités que les hommes. Elle porta le regard sur Ash, qui observait Thornaby d'un air renfrogné.

Légèrement apaisée par l'attitude et le soutien apparent de son vieil ami, elle repartit vers les spectateurs, sans toutefois aller jusqu'au bout. C'était une petite rébellion.

Thornaby regarda où elle se tenait et fronça les sourcils, mais s'abstint de lui demander de bouger. Tant mieux. Parce qu'elle n'allait pas le faire.

L'un des valets de pied rechargea le pistolet à manchon de lady pendant que Thornaby s'adressait aux gentlemen.

— Nous procéderons à un premier tour, et tous ceux qui auront atteint la cible passeront au deuxième tour, au cours duquel nous tirerons tous sur la même cible. Nos tirs seront marqués, et le plus proche du centre sera déclaré vainqueur.

Il y avait six hommes et six pistolets. Chacun se dirigea vers la table et choisit une arme. Ash fut le dernier à arriver et se retrouva avec le manchon de lady. Elle avait tellement envie qu'il les batte ! Mais elle ignorait s'il était bon tireur.

Thornaby inclina la tête.

— J'ai sorti le pistolet de femme pour toi. J'ai pensé que ce serait plus simple à gérer. Je n'avais pas compris qu'une vraie femme voudrait tirer.

Il pinça les lèvres avec dédain, et bien qu'il ait baissé la voix pour la seconde partie, Bianca l'avait entendu. Elle était ravie d'être restée relativement proche.

— Nous sommes prêts à te laisser te rapprocher, Rougeaud, dit Moreley à Ash avant de regarder les autres gentlemen et d'éclater de rire.

Encore ce nom. Rougeaud, ce devait être Ash, mais pourquoi ? Son nom de famille était Rutledge. S'agissait-il d'un surnom ? Elle observa ses tempes, où ses cheveux roux foncé ressortaient de sous son chapeau. Rougeaud… rouge… roux.

Ash vérifia son pistolet.

— Ce ne sera pas nécessaire, mais j'apprécie ta prévenance.

Les gentlemen se relayèrent, et Ash passa le dernier. Bianca retint son souffle tandis qu'il prenait position face à la cible.

— Celle de gauche, annonça-t-il.

Bee devait tendre l'oreille pour entendre tout ce qu'ils disaient. Elle était heureuse de ne pas avoir rejoint les autres, sinon elle n'aurait pas pu écouter.

— C'est tout ce qu'il reste, s'amusa Keldon.

Ash lui lança un regard dur.

— Je suis les règles comme on me l'a demandé.

Moreley s'esclaffa.

— Tu l'as toujours fait, même quand ce n'était pas à ton avantage.

La veste d'Ash remua sur ses épaules, et sa tête s'inclina brièvement sur le côté. Puis il toussa.

— Oh, bon sang ! constata Keldon. Moreley, tu l'as perturbé. Tu sais bien qu'il vaut mieux éviter.

Avant que quiconque puisse dire un mot de plus, Ash fit feu, et le petit pot se brisa.

Bee souffla et sourit, soulagée.

— Bien joué !

Son ami se tourna pour la regarder, mais ses traits étaient impassibles. Il semblait très concentré, ce qui était une bonne chose. Elle voulait qu'il gagne.

— On dirait que nous passons tous les six au prochain tour, annonça Thornaby.

Trois des valets achevèrent de recharger les armes tandis

que les deux autres allaient clouer une cible – un grand morceau de bois avec une petite marque au centre – aux poteaux. Ils revinrent à la table, et tout était prêt pour le dernier tour.

Bee aurait aimé pouvoir y participer. Ce n'était absolument pas juste.

— C'est dommage que Lady Bianca ne puisse pas être incluse, constata Ash.

L'un des gentlemen, un homme corpulent du nom de Tealman, jeta un coup d'œil dans sa direction, puis baissa la voix pour dire :

— C'est intolérable.

Bianca dut tendre l'oreille pour entendre. Elle ne prit pas la peine de le fusiller du regard, en dépit de la colère qui bouillonnait dans ses veines.

Ash se mit à rire.

— Comme je l'ai dit, la perspective de perdre contre une femme ne me dérange pas.

— C'est évident, comme en témoigne ta pathétique défaite de ce matin, intervint Moreley avec un immense dédain.

Bee aurait bien voulu le poster devant la cible.

Le premier homme prit place et tira. Il toucha la cible à quelques centimètres de la marque et baissa légèrement la tête en se retournant vers les autres. Ils le félicitèrent malgré tout.

— Ton bras est bien stable, remarqua Keldon en lui tapant sur l'épaule. Plus que certains, dit-il en montrant Ash d'un signe de tête.

Comment osait-il dire une chose pareille ? Ash avait atteint la cible ! Et il n'avait pas tremblé. Bianca serra les poings contre ses flancs, fulminant d'indignation.

Moreley contourna la table pour prendre son tour.

— Je dois dire que Rougeaud est meilleur qu'il y a dix ans.

Je crois qu'il n'aurait pas pu soulever le pistolet sans être pris d'une crise.

Il se retourna vers Ash.

— Quel genre de sorcellerie as-tu invoquée pour être ainsi changé ?

— Est-il vraiment différent ? s'enquit Keldon. Son élocution est meilleure, mais je vois qu'il a encore des tics.

— Peut-être qu'il boit, suggéra Thornaby.

Moreley secoua la tête.

— J'en doute. À Oxford, il ne tenait pas l'alcool. Ce n'était qu'une pathétique loque.

Il baissa la voix pour ajouter quelque chose à l'intention de Thornaby et Keldon, tout en souriant. Ils en rirent, et les deux autres gentlemen se joignirent à eux. Ash, quant à lui, resta stoïque tout du long. Non, pas tout à fait stoïque. Ce même tremblement agita ses épaules, puis il inclina légèrement la tête, et étira son cou. Et il toussa à nouveau.

Bianca n'avait pas entendu ce que Moreley avait dit, mais c'était horrible, sans le moindre doute. Oui, il aurait dû faire office de cible. C'était peut-être une bonne chose qu'elle ne tire pas.

Moreley tenta sa chance, et il fit une performance légèrement meilleure que le premier gentleman. Tealman venait ensuite, et atteignit la cible près du rebord. Il marmonna, sans doute un juron, et secoua la tête en retournant à la table.

Keldon serra le bras de Tealman.

— Tu t'en tires bien. Tu ne seras sans doute pas le pire.

Il ne regarda pas Ash, mais tous savaient de qui il parlait. Bianca doutait que quelqu'un d'autre pût entendre ce qui se disait, contrairement à elle. S'en rendaient-ils compte ? S'en soucieraient-ils ? Comment pouvaient-ils traiter Ash, qui les surpassait tous, d'une manière aussi horrible ?

Et pourtant, il se tenait là, fier et imperturbable. Enfin, presque. Les tics se succédaient à intervalles réguliers à présent. Il s'éclaircit la gorge à plusieurs reprises. Elle le regarda serrer les poings, les desserrer, puis recommencer.

Keldon tira et faillit atteindre la cible en plein cœur. Les autres applaudirent et l'acclamèrent. D'un air suffisant, il déposa son arme sur la table et regarda Ash.

— Essaie de faire mieux.

— Je vais le faire.

Les mots jaillirent de sa bouche comme les balles des pistolets de la compétition. Ash eut un nouveau tic, et cette fois son bras trembla. Si cela se reproduisait pendant qu'il tirait…

Non, c'était impossible. Cela n'arriverait pas. Elle le souhaitait de tout son cœur. Son père lui avait souvent répété qu'elle avait la volonté de dix hommes, qu'elle pouvait accomplir tout ce qu'elle décidait. D'une certaine manière, elle avait pensé qu'il la traitait avec condescendance, mais il avait exprimé cette idée à plusieurs reprises au cours de sa maladie, et elle savait qu'il était sincère. Le fait qu'il ait cru en elle ne faisait qu'accroître sa détermination.

Elle voulait qu'Ash sache que quelqu'un croyait aussi en lui.

— Bien sûr que tu vas le faire !

Il tourna les yeux vers elle, et elle sentit le poids de son regard au creux de son ventre. Elle le retint un instant, le souffle coupé, puis Ash rompit le contact visuel et se dirigea vers la table.

— Pas encore, dit Keldon en levant la main. Thornaby d'abord. Tu as toujours cherché à prendre de l'avance.

— Tu veux parler du fait que j'ai terminé mes études avant vous tous ?

C'était une déclaration simple, et pourtant très puissante. Bianca résista à l'envie de se précipiter sur lui et de le serrer dans ses bras avec joie.

— Nous n'étions pas pressés, répliqua Moreley. Et, d'un

autre côté, nous aimions l'école, et nous étions ensemble.

Keldon ricana.

— Ça, c'est bien vrai ! Et c'est toujours le cas.

Il n'y avait aucun doute à avoir sur la manière dont leurs paroles et leur comportement mettaient Ash à l'écart. Qu'a-vait-il bien pu leur faire ? Étaient-ils tout simplement cruels ?

— À ton tour ! cria Moreley à l'intention de Thornaby.

Le vicomte prit place au milieu des mots d'encourage-ment et des applaudissements des spectateurs. Parce qu'il était l'hôte, sans doute. Bianca espéra que l'arme s'enrayerait. Horriblement.

Ce ne fut pas le cas.

La balle n'était pas aussi proche du centre que celle de Keldon, mais elle lui permit de prendre la deuxième place. Ce résultat fut accueilli par de nouvelles acclamations. Finale-ment, ce fut le tour d'Ash.

— Es-tu sûr de ne pas avoir besoin de te rapprocher ? lui demanda Thornaby. Aucun d'entre nous n'y verrait d'incon-vénient. Tu sembles un peu chancelant. Je ne voudrais pas que ta balle parte trop loin.

— Parbleu, non ! intervint Moreley en secouant la tête. Nous ne pouvons pas faire ça. J'insiste pour que tu te rapproches.

Bianca s'avança vers eux, car ils parlaient plus bas, et elle ne voulait pas perdre une miette de ce qu'ils disaient.

— Ou peut-être qu'il ne devrait pas tirer du tout, suggéra Keldon, posant sur Ash un regard faussement apitoyé.

À moins qu'il ne s'agisse de vraie pitié. Bianca n'aurait su le dire, et elle ne pensait pas que c'était vraiment important. Dans les deux cas, c'était impoli, et absolument pas nécessaire.

Elle se rapprocha d'eux à grands pas, se fichant de leur réaction.

— Oh, arrêtez ça, et laissez-le tirer ! S'il tremble, c'est

parce que vous vous comportez tous comme des imbéciles.

Tous se tournèrent vers elle, stupéfaits. À l'exception d'Ash, qui la regardait avec reconnaissance.

— Reculez, Lady Bianca, répondit Moreley d'un ton vif. Ce n'est pas un endroit pour vous.

Keldon se renfrogna.

— En effet. Il n'y a pas lieu pour vous de vous comporter de telle manière. Que dirait votre frère ? Venez, éloignez-vous.

Il s'avança vers elle, le bras tendu.

— Ne la touche pas ! grogna Ash, et l'atmosphère changea.

Les railleries et les moqueries cédèrent la place à quelque chose de bien plus sinistre.

Moreley s'avança vers Ash, la lèvre retroussée.

— Et que vas-tu faire à ce sujet ?

Il jeta un coup d'œil vers Keldon, comme pour l'inciter à continuer.

Ce qu'il fit. Il saisit le coude de Bianca, et commença à l'éloigner.

La suite des événements se déroula si rapidement que Bianca dut la rejouer plusieurs fois dans son esprit pour comprendre ce qui s'était passé.

Bien qu'il ait été plus loin que n'importe qui d'autre, derrière la table en fait, Ash leva le bras et visa, atteignant la cible en plein centre. Puis il laissa retomber l'arme sur la table et se tourna pour saisir Keldon par le bras.

Il entraîna l'homme, qui resta bouche bée, à l'écart de Bianca.

— Je t'ai dit de ne pas la toucher, enfant de catin !

Une fois encore, les mots étaient sortis en rafale de sa bouche. Aussitôt après, son corps fut secoué d'un tremblement plus fort que jamais. Ses épaules se contractèrent, et son cou s'étira ; il inclina la tête sur le côté. Le phénomène se répéta trois fois de suite. À moins que ce ne soit quatre ?

Ash ouvrit la bouche, son visage prenant une teinte plus rougeâtre que ses cheveux, puis la referma d'un coup sec. Il relâcha Keldon, et, sans un regard pour les autres, s'éloigna à grands pas vers la maison.

Tout le monde le regardait. Bianca avait envie de le suivre, de l'apaiser, de lui dire que rien de tout cela n'avait d'importance. Et de célébrer sa victoire.

Elle se tourna vers la cible et parla à haute voix, de sorte que tout le monde, y compris Ash, puisse l'entendre.

— Il a gagné !

— Il a triché, protesta Moreley.

Bee tourna la tête vers lui, saisie de colère.

— Comment ?

Moreley renifla.

— Il ne s'est pas placé au bon endroit.

— Vous étiez prêt à ce qu'il se place plus près ! À présent, le fait qu'il tire de plus loin vous pose problème ? grogna-t-elle. Vous êtes juste en colère parce qu'il était meilleur que vous tous.

Thornaby rajusta sa veste.

— Peu importe. Il a déclaré forfait par son comportement. Je suis navré que vous ayez été témoin de cela, Lady Bianca.

— Je suis navrée d'avoir été témoin de *votre* mauvais comportement.

Les yeux du vicomte s'écarquillèrent, et, surpris, il resta bouche bée. Il se ressaisit rapidement, ses lèvres affichant un sourire factice.

— Ce que vous avez vu, c'est un groupe de vieux amis s'amuser à se remémorer leur jeunesse.

Bianca ricana, l'air dégoûté.

— Vous êtes horrible.

Et dire qu'elle avait envisagé de lui demander d'organiser la fête de la Saint-Étienne ! Elle avait du mal à imaginer qu'il en aurait envie, avec son esprit étriqué et son comportement mesquin. Cela n'avait plus d'importance : elle n'avait pas l'intention de lui poser la question. Elle trouverait un autre moyen.

Tournant les talons, elle se mit en route vers la maison. Quelques instants plus tard, Poppy la rattrapa.

— Attends-moi, Bianca !

Celle-ci ralentit, mais ne s'arrêta pas. Lorsque sa sœur arriva à sa hauteur, elle lui annonça :

— Je veux m'en aller.

— Que s'est-il passé ? Nous n'entendions pas ce qui se passait.

— Thornaby et ses amis se sont comportés de manière horrible avec Ash. Il a… perdu son sang-froid. Et il a eu raison de le faire. En fait, il est même étonnant qu'il n'ait pas perdu patience plus tôt. Moi, je l'aurais fait.

Elle repensa à ses tics étranges et à sa toux, ainsi qu'à ce que Poppy lui avait raconté plus tôt sur sa façon d'être avant d'aller à l'école. Bianca n'avait pas souvenir de l'avoir vu faire cela auparavant.

Elles entrèrent dans la maison, mais la jeune femme ne s'arrêta pas. Elle poursuivit son chemin vers les escaliers.

— On dirait que tu l'as fait, observa Poppy. On avait l'impression que tu leur faisais la leçon.

Bianca jeta un coup d'œil à sa sœur.

— Et qu'est-ce que cela peut faire ? Ils méritent d'être sermonnés. Ils ont été horribles avec Ash.

— Tu ne peux pas continuer à l'appeler Ash, murmura Poppy.

S'arrêtant au pied de l'escalier, Bianca se tourna vers sa sœur.

— Pourquoi ? Je le connais depuis l'enfance. Nous sommes amis.

Poppy lui adressa un regard condescendant.

— Tu sais pourquoi. Ce n'est pas… convenable.

Bianca leva les yeux au ciel et entreprit de monter les escaliers.

— Je veux rentrer à la maison. Après avoir vu *Ash*, dit-elle, insistant à dessein sur son nom.

Lorsqu'elles arrivèrent en haut, Poppy lui toucha le bras.

— Tu cherches toujours les ennuis. Dans ce cas précis, laisse faire. Du moins pour un moment. Le comte paraissait contrarié lorsqu'il est reparti vers la maison. Et il a tiré avec cette arme d'une manière peu prudente. Je ne suis pas certaine que tu devrais aller le voir.

— Il savait exactement ce qu'il faisait.

Et pourtant, il était manifestement bouleversé, son corps était secoué de tics, et son visage rougi. Rougeaud... Elle avait mal au cœur pour lui.

— Je ne suis pas sûre que cela joue en sa faveur.

Bianca n'allait pas cesser de le défendre.

— Il s'est montré parfaitement prudent.

— Bianca, prends quelques minutes. *Je t'en prie.*

Avec un gémissement, la jeune femme se renfrogna, mais céda. Elle prit la direction de leur chambre. Une fois à l'intérieur, pendant que Poppy se rendait dans le dressing, elle demanda à sa femme de chambre de trouver où se trouvait la chambre d'Ash.

Bianca fit les cent pas en attendant le retour de Donnelly. Elle voulait qu'Ash sache qu'elle était à ses côtés, qu'elle allait quitter la fête avant le dîner et espérait qu'il ferait de même. Elle voulait aussi savoir pourquoi ils le traitaient si mal. Le lui dirait-il ?

Elle sentait qu'il y avait autre chose dans sa vie à Londres qu'il ne lui avait pas révélé. D'un autre côté, pourquoi devrait-il tout lui dire ? Et même, pourquoi devrait-il lui dire quoi que ce soit ?

Parce qu'ils étaient amis. Ou qu'ils l'avaient été. Elle songea à sa réaction lorsque Keldon l'avait touchée. Il avait tiré sur la cible presque sans regarder, et l'avait atteinte en plein centre. Puis il avait écarté Keldon d'elle, et elle aurait juré avoir vu de la haine dans ses yeux. Ce sentiment avait disparu si vite qu'elle n'en était pas sûre.

Donnelly entra, interrompant le fil de ses pensées.

— Je suis désolée, my lady, mais Lord Rutledge est parti.

Bianca la regarda.

— De Thornhill ?

La femme de chambre acquiesça.

Évidemment qu'il était parti. Il était bouleversé, et à juste titre. Elle prévoyait de s'en aller aussi.

— Donnelly, préparez nos affaires. Nous partons.

La domestique cligna des yeux, surprise, puis hocha la tête.

— Oui, my lady.

Poppy sortit du dressing.

— T'ai-je entendu dire que nous partions ?

— Oui, je te l'ai dit dehors.

— Je ne pensais pas que tu étais sérieuse.

Bianca pinça les lèvres.

— Je suis toujours sérieuse.

— Effectivement, murmura Poppy. Allons-nous-en, alors. Je ne peux pas dire que c'est à regret, surtout après ce que tu m'as raconté. Ai-je bien entendu, Lord Buckleigh est également parti ?

Bianca acquiesça ; son esprit avait déjà cinq pas d'avance sur leur conversation.

— Il me semble que c'était la bonne chose à faire. C'est bien pour lui.

C'était le cas, mais Bianca devait maintenant trouver le moyen de se rendre à Buck Manor. Toute la période de Noël en dépendait.

Parfois, c'était vraiment infernal d'être une jeune femme célibataire.

CHAPITRE 4

Dès son arrivée à Buck Manor, Ash se plongea dans un bain chaud et but un verre de cognac. Les deux apaisèrent son esprit, alors même que son âme se déchaînait. Il avait été idiot de croire que ces hommes avaient changé. Pourtant, *lui* avait changé.

Sa maladie était bien plus grave dans sa jeunesse. En vieillissant, il avait maîtrisé les tics et les bégaiements, au prix d'efforts considérables et parce que ces comportements avaient simplement semblé diminuer. À peu près au moment où il avait commencé à combattre.

— Dois-je couper vos cheveux, my lord ? proposa Harris.

— Oui, sans doute.

Ash se couvrit d'une robe de chambre, et s'assit pour laisser son valet travailler.

Harris s'attela aussitôt à la tâche avec les ciseaux, œuvrant rapidement et efficacement, comme il le faisait pour tout.

— Vous êtes étonnamment doué pour votre poste, constata Ash en se regardant dans le miroir situé au-dessus de la table de toilette devant lui.

— Merci, my lord. Jamais je n'aurais pu imaginer à quel

point j'aimerais être valet. Je n'ai jamais été à ma place en tant que valet de pied, et je n'étais absolument pas à la hauteur en tant que palefrenier.

— C'est là que vous avez débuté ? l'interrogea Ash. Je n'avais pas compris.

— Dans un autre domaine, oui. Les autres palefreniers n'étaient pas très accueillants. Lorsque je suis parti, j'ai appris que l'on m'avait confié un poste dont ils espéraient qu'il reviendrait à l'un de leurs frères. Je crois qu'ils se sont assurés que je ne réussisse pas à mon poste. Je n'ai aucun regret puisque les choses ont plutôt bien tourné.

Il sourit en continuant à couper et à coiffer les cheveux d'Ash.

— Quel domaine était-ce ?

Harris laissa échapper un petit rire.

— En fait, il s'agissait de Thornhill.

Ash vit ses yeux s'écarquiller dans le miroir, puis il leva le regard vers Harris derrière lui.

— Avez-vous vu l'un de ces hommes pendant que nous étions là-bas ?

— J'ai reconnu le palefrenier à notre arrivée, mais il n'a pas fait mine de me connaître. Je ne l'ai pas salué.

Ash pouvait le comprendre. Il n'avait pas non plus de mal à croire que le personnel de Thornaby soit aussi cruel que lui. Il se sentait plus heureux que jamais d'avoir promu Harris.

— Je sais ce que c'est que d'avoir l'impression d'être un inadapté, dit Ash.

— Je ne peux pas le croire, my lord.

Harris termina avec les ciseaux, et les déposa sur la table de toilette. Puis il se mit à épousseter les cheveux sur la robe de chambre d'Ash pour les faire tomber au sol.

— C'est la vérité.

Ash ne s'était pas senti à sa place jusqu'à ce qu'il

commence la boxe. Personne dans son cercle de pugilistes n'avait connu le garçon terrifié qu'il avait été à Oxford, l'inadapté qui s'était fait ridiculiser et exclure. Ils n'avaient vu que le guerrier féroce, le plus souvent silencieux.

— C'est difficile de penser que vous, un comte, puissiez être un paria.

Harris alla préparer les vêtements du soir d'Ash.

Bien qu'il ait surmonté le pire de sa maladie, il était toujours différent des autres. Mais, à présent, il ne pouvait plus se cacher dans l'ombre. Il était comte, mais, dans une certaine mesure, il se sentait toujours exclu. Parce qu'il n'était pas né avec ce titre, et qu'il avait beaucoup à apprendre.

Désormais, de nouvelles attentes émergeaient. Il devait prendre la parole à la Chambre des lords et se présenter à la cour et auprès de la bonne société. Il devait également se marier.

Il songea à Bee, à son exubérance, à son franc-parler, et à sa loyauté à toute épreuve. Elle l'acceptait tel qu'il était ou, du moins, elle semblait le faire. Continuerait-elle si elle savait qu'il était souillé ?

Cela n'avait pas d'importance. Elle avait clairement exprimé son désir de rester célibataire. De plus, elle détestait Londres, et comme il y séjournerait la moitié de l'année, une union avec elle s'avérerait bien solitaire. Il avait passé la majeure partie de sa vie à se sentir seul. Lorsqu'il s'unirait, il espérait que ce serait à quelqu'un avec qui il pourrait tout partager. Ensemble, ils fonderaient une famille, et si l'un de leurs enfants souffrait de son affection, il l'aimerait et l'élèverait comme son père ne l'avait pas fait.

Ash se raidit en pensant à lui, à quel point il avait été horrifié par les tics et les crises de son fils, surtout lorsqu'ils s'étaient intensifiés avec l'âge. Quand le frère aîné de son père, le comte, avait suggéré qu'Ash se rende à Oxford avec Lyndon, il s'était empressé d'accepter.

Ensuite, il avait ignoré toutes les demandes de son fils qui voulait rentrer à la maison. Au bout de quelques mois, Ash avait abandonné, et compris qu'il devait se débrouiller seul. La mort de son père quelques années plus tard, juste avant qu'il n'obtienne son diplôme, avait été un soulagement. Mais il se sentait coupable de ne pas pleurer cette perte.

— My lord ?

Opportunément, Harris interrompit les pensées larmoyantes d'Ash.

Celui-ci se leva et se prépara pour le dîner.

Peu après, il descendit à la salle à manger, où seuls deux couverts étaient mis, comme toujours. Sa mère arriva un peu plus tard.

— Tu es à la maison, constata-t-elle en s'approchant de lui.

Ash embrassa sa joue douce et remarqua le pli qui lui barrait le front.

— Oui, répondit-il en rejoignant sa place en bout de table.

— Tu ne devais pas revenir avant demain. Que s'est-il passé ?

Le valet de pied aida sa mère à s'asseoir dans son fauteuil à gauche d'Ash, puis celui-ci prit place à son tour.

Il haussa les épaules.

— Je m'ennuyais, et j'ai bien trop de choses à faire ici.

Les registres du domaine étaient mal tenus et il y avait de nombreux problèmes à régler avec les locataires, qu'il s'agisse de réparations de cottages ou de projets d'agrandissement des troupeaux de moutons.

— Je suis désolée d'apprendre que ce n'était pas intéressant.

Martha Rutledge était la personne la plus gentille qu'Ash ait jamais connue. Il n'avait pas de frères ni de sœurs en vie : deux sœurs plus âgées étaient décédées dans leur jeunesse. Sa mère avait donc concentré toute son attention et son amour sur lui. Elle s'inquiétait toujours pour son fils, à tel point qu'Ash essayait depuis longtemps de l'empêcher de se tracasser. Il lui avait caché ses problèmes à l'école, tout comme sa frustration et sa déception à l'égard de son père.

— Je suis sûre que c'était agréable de revoir de vieux amis, déclara-t-elle en souriant lorsque la soupe fut servie.

Non, absolument pas, à une pétillante exception près.

— Lady Bianca était là. C'était un plaisir de la revoir après tant d'années.

Les yeux bruns de sa mère s'illuminèrent.

— Elle était là ? Je l'ai toujours appréciée. Elle a vécu des moments très difficiles lorsque son père était souffrant. Je la voyais régulièrement en ville, puis de moins en moins à mesure que la maladie progressait.

Ash s'était un peu tenu au courant des événements locaux grâce aux lettres de sa mère, mais il fallait avouer qu'il n'y avait pas prêté beaucoup d'attention.

— Le duc a été malade pendant longtemps ?

Sa mère acquiesça tout en dégustant sa soupe.

— Doux Jésus ! Pendant plusieurs années au moins ! Et Lady Bianca en a fait les frais. Sa sœur est mariée, bien sûr, mais on aurait pu penser que Chill serait rentré à la maison pour aider.

— Il n'est pas revenu du tout ?

— Non, mais toi non plus, rétorqua-t-elle, l'air légèrement vexé. J'ai dû venir te rendre visite à Londres.

— J'étais occupé.

Il se concentra sur sa soupe.

Elle expira.

— Je sais. Et tu as eu beaucoup de succès aussi.

Effectivement. Avant la mort de Lyndon, Ash était en train d'hésiter entre un poste potentiel au sein du gouvernement, et l'entrée dans l'armée. Deux voies très différentes qu'il ne suivrait plus à présent.

— Est-ce que cela te manque ? lui demanda-t-elle.

— Parfois.

La boxe, surtout, mais il avait fabriqué un grand sac de frappe qu'il suspendait dans un coin de l'écurie pour s'entraîner. Il devait régulièrement le remplir de terre et de paille pour qu'il garde sa fermeté, mais le principe fonctionnait. Pourtant, le sac ne ripostait pas. Était-ce cela qui lui manquait ? Ou bien était-ce les honneurs que l'on recevait lorsque l'on remportait un combat ?

— J'ai beaucoup de choses à faire pour m'occuper ici, dit-il, espérant ainsi détourner la conversation. Surtout à l'approche de la période de Noël. Lady Bianca m'a confié que Chill n'organisera pas la fête de la Saint-Étienne cette année.

Sa mère avait plongé sa cuillère dans sa soupe, elle l'y laissa tomber en réaction.

— Comment peut-il faire cela ? Les habitants de la ville seront très déçus, sans parler de ses domestiques, j'en suis certaine !

Il s'était dit que sa mère serait contrariée, mais sa réaction était plus forte qu'il ne l'avait prévu.

— Est-ce si important que cela ?

Elle hocha la tête.

— Oh, oui ! C'est peut-être le jour le plus important de l'année. Cette tradition remonte à plusieurs générations, expliqua sa mère, l'air renfrogné. Pourquoi ne l'organise-t-il pas ?

— Je l'ignore, mais Lady Bianca œuvre de son mieux pour le faire changer d'avis.

Ou pour trouver une alternative. Prévoyait-elle toujours de demander à Thornaby ? Ash n'y croyait pas, pas après ce qui s'était passé plus tôt dans la journée. Elle l'avait défendu avec acharnement, renversant la situation en devenant sa sauveuse. Mais il ignorait ce qui avait pu se passer après son départ.

— Bien, dit sa mère. Nous ne devrions pas sous-estimer ses aptitudes.

C'était tout à fait vrai. Pourtant, son frère semblait inébranlable. Et puis quoi ? Ash ne voulait pas décevoir les villageois, les habitants de Hartwood ou sa mère. Ou Bee.

— Je suis certain qu'elle trouvera un moyen de parvenir à ses fins.

Il ferait tout son possible pour la soutenir. Si elle le voulait. Il n'avait aucune idée de ce qu'elle pensait de lui après la scène d'aujourd'hui.

Son ventre se noua. Il devait cesser d'y penser, ainsi qu'à ce que ces hommes lui avaient fait ressentir. Une fois encore.

Il avait cru avoir laissé derrière lui tous ces sentiments. Il pensait que « Rougeaud » était mort. Se dire que les gens le jugeaient pour ce qu'il avait été et non pour celui qu'il était aujourd'hui était incroyablement décourageant.

Non. Penser que les gens le jugeaient pour une maladie qu'il ne pouvait pas contrôler était exaspérant.

Il prit une grande inspiration pour apaiser son pouls. Il n'allait pas penser à eux. Il n'avait aucune raison de les revoir un jour. En dehors de Thornaby à la Chambre des lords. Et potentiellement, chacun d'entre eux à la fête de la Saint-Étienne, si Bee parvenait à ses fins.

Bien sûr qu'elle y parviendrait. Même dans le cas contraire, il était ridicule de sa part d'imaginer qu'il pourrait ne jamais les revoir. Comment se comporteraient-ils tous après cette journée ?

Avec un peu de chance, il pourrait se contenter de les éviter. À la fête, à Londres, et partout où il était susceptible de les croiser.

À moins qu'il ne les frappe tous à en perdre la raison. Oui, cela semblait amusant.

Ash s'empara de son verre de vin et faillit le vider d'un

trait. Il n'allait frapper personne. Il valait mieux que cela. Il était meilleur qu'eux.

Pourquoi, alors, avaient-ils encore le pouvoir de le blesser ?

~

— *B*onjour, dit Bianca en entrant dans la salle de petit-déjeuner, jetant un regard à son frère.

Il était assis à la table, son assiette devant lui, le nez plongé dans un journal.

Il ne leva pas les yeux.

— Pourquoi es-tu à la maison ?

— Bonjour, Bianca, quel plaisir de te voir ! Tu rentres tôt de la partie de campagne. Y a-t-il quelque chose qui ne va pas ? lança-t-elle en fusillant son frère du regard. Ce n'est pas difficile de se montrer agréable.

Il détacha lentement le regard du journal et le posa sur elle avec une froide irritation.

— Bonjour, Bianca. Pourquoi rentres-tu plus tôt de la partie de campagne ?

Sa deuxième tentative était empreinte de sarcasme, mais elle s'en contenterait.

— Parce que c'était épouvantable.

Elle se rendit au buffet pour remplir son assiette avant de s'asseoir en face de son frère. Elle n'avait pas vraiment envie d'entrer dans les détails ; la façon horrible dont Ash avait été traité.

— Le nouveau comte de Buckleigh était présent. C'était merveilleux de le revoir.

Calder avait baissé les yeux sur le journal, puis les releva, les sourcils froncés.

— Le cousin de Lyndon ?

— Oui. Ash, précisa-t-elle en prenant un morceau de pain grillé.

Le pli de son front se creusa tandis qu'il la regardait.

— Ash ? Cela me semble terriblement familier.

— Je l'ai connu lorsque nous étions enfants. Je l'ai toujours appelé Ash. « Buckleigh » ou « my lord », c'est étrange.

— C'est aussi convenable, répliqua-t-il d'un ton empreint de condescendance. Lui, en revanche, ne l'est pas. Je préférerais que tu restes loin de lui.

La mâchoire de Bianca se figea en pleine bouchée. Elle but une gorgée de thé pour faire passer la nourriture.

— En quoi Ash ne serait-il pas convenable ?

— Cesse de l'appeler ainsi. Il avait une réputation dans certains cercles à Londres.

Les cheveux de la jeune femme se hérissèrent dans sa nuque.

— Quel genre de réputation ?

— Le genre dangereux, répondit-il en la regardant avec insistance. C'était un pugiliste. Je l'ai vu combattre à quelques reprises, et il est brutal. Ce n'est définitivement pas le genre d'homme que ma sœur devrait fréquenter, sans parler de se montrer familière avec lui.

Il ricana en reportant son attention sur son journal et son petit-déjeuner.

Bianca contempla la fenêtre qui donnait sur le parc vallonné du domaine. Une colline pentue rejoignait un bosquet d'arbres aux branches dénudées sous un ciel gris tourterelle. Le paysage était froid et hostile, et ne ressemblait en rien au gentleman à la chevelure de feu qui l'avait fait rire hier encore.

— Je ne peux pas croire que ce soit vrai.

Elle secoua la tête et coupa un morceau de jambon.

— Quoi ? Qu'il soit un pugiliste ou qu'il soit particulièrement féroce ? s'enquit Calder, haussant une épaule. Les deux sont vrais. Comme je l'ai dit, je l'ai vu se battre. À moins que tu ne doutes de moi ?

Il la transperça de son regard glacial, la mettant au défi de le contrarier.

— Je n'ai aucun doute sur le fait que tu penses que c'était lui, mais je n'arrive pas à l'imaginer, c'est tout.

Ash avait toujours été plus gentil que la plupart des gens. Ensemble, ils avaient sauvé des animaux et des insectes. Ils avaient rêvé que toutes les femmes et tous les enfants de l'institution pour femmes démunies de Hartwell aient un foyer chaleureux et le ventre plein. Voilà pourquoi Bianca avait toujours fait de son mieux pour apporter son soutien à Hartwell House, le nom que tout le monde lui donnait. Ash ressentait-il la même chose que dans leur jeunesse, ou Londres l'avait-il corrompu d'une manière ou d'une autre ?

Elle se rappela qu'il s'était montré évasif lorsqu'ils avaient évoqué son temps passé là-bas, et qu'elle avait eu l'impression qu'il avait omis quelque chose. Elle repensa aussi à la rapidité et à la férocité avec lesquelles il avait tiré au pistolet, atteignant la cible sans le moindre effort. Puis il y avait eu la colère et la fureur dans ses yeux. C'étaient des sentiments tout à fait justifiés, mais y avait-il autre chose enfoui en lui ?

— Que tu l'imagines ou non, c'est vrai, et je ne veux pas que tu le fréquentes. Il n'est assurément pas un bon candidat au mariage, pas pour toi, en tout cas, et c'est à cela que tu devrais penser. Thornaby serait un bon choix.

Elle ne put réfréner un ricanement dégoûté.

— Thornaby est une brute. Il serait un bon choix pour une simple d'esprit, sans la moindre empathie ou aptitude à s'occuper des autres. Et, de plus, je pense à la Saint-Étienne et à ce que je vais devoir faire si tu persistes à ne pas vouloir organiser la fête.

Calder la regarda d'un air sévère.

— Il n'y aura pas de fête. Pas ici.

Elle le fixa un long moment, essayant de retrouver le frère attentionné auprès duquel elle avait grandi.

— Tu le penses vraiment, n'est-ce pas ?

— Je ne dis pas de choses que je ne pense pas.

Il reporta son attention sur le journal.

— Alors je vais devoir trouver un autre moyen. Je refuse de décevoir les habitants de Hartwood et Hartwell.

— Si tu penses qu'une fête peut empêcher de décevoir les gens, tu as encore beaucoup à apprendre. La vie ne se résume pas aux fêtes, aux célébrations et aux traditions.

Au moins, il était conscient que la tradition faisait partie de cette fête. Mais il ne semblait quand même pas s'en soucier.

— Oui, la vie, c'est plus que cela, constata-t-elle d'une voix douce. C'est aussi la famille, le devoir, la loyauté et l'amour.

Il releva brièvement les yeux sur elle, les lèvres pincées.

— Le devoir… Nous sommes au moins d'accord sur ce point. Réfléchis au sujet de Thornaby ou, si tu préfères, je te proposerai une liste de prétendants potentiels. Tu devras en avoir quelques-uns en tête lorsque tu seras à Londres pour la saison.

— Je n'irai pas à Londres pour la saison.

Elle le lui avait répété une dizaine de fois, et il ne semblait jamais l'écouter.

— Bien sûr que si.

Elle lui renvoya gentiment ses propres paroles.

— Je ne dis pas de choses que je ne pense pas. Je n'irai pas à Londres.

Il releva les yeux à une vitesse impressionnante. Son regard était si froid, si insondable qu'elle se dit qu'il était capable d'effrayer n'importe qui. Mais pas elle.

— Ce n'est pas sujet à discussion, asséna-t-il, remuant à

peine les lèvres.

Était-il réellement sculpté dans la glace ?

— Je suis d'accord. Je n'irai pas, point final.

Elle se leva de table. Elle avait perdu l'appétit.

— Mais je vais chez Poppy. Il y fait peut-être plus chaud.

— Tu *iras* à Londres, *point final*, affirma-t-il, baissant une nouvelle fois le nez sur son journal. Je doute qu'il fasse plus chaud chez Poppy. Elle n'est qu'à dix kilomètres d'ici. On dirait qu'il va neiger, ce qui signifie que tu devras passer la nuit sur place. Prépare-toi en conséquence.

Il releva son journal, dissimulant son visage aux yeux de la jeune femme.

Apparemment, elle venait d'être congédiée.

Un mélange de frustration et d'agitation la propulsa hors de la salle de petit-déjeuner. Peut-être pourrait-elle demander à Poppy si elle pouvait emménager avec elle et son mari. Ils n'y verraient pas d'inconvénient.

Mais elle ne pouvait pas faire cela. Poppy et Gabriel avaient leurs propres soucis, et Bianca ne pensait pas pouvoir vivre avec cette tension. Calder, elle pouvait l'éviter la plupart du temps. Cependant, elle ne pouvait pas éviter sa sœur, surtout quand celle-ci souffrait d'un tel mal-être… En réalité, c'était peut-être une raison supplémentaire pour laquelle Bianca devrait envisager de rester là-bas au moins pendant un certain temps. Par exemple, pendant toute la période de Noël…

Elle en discuterait avec Poppy la prochaine fois qu'elle la verrait. Mais ce ne serait pas aujourd'hui. Elle avait une autre destination en tête.

Pleine d'énergie, Bianca grimpa les escaliers pour « se préparer », comme l'avait dit Calder. Elle voulait prendre la route dans l'heure, en priant pour qu'il ne neige pas.

Un sourire diabolique se dessina sur ses lèvres, malgré elle. En réalité, elle pourrait bien ne pas prier très fort.

CHAPITRE 5

$\mathscr{L}$e carrosse ralentit devant Buck Manor. Avec sa haute façade de style palladien et ses vastes ailes à l'est et à l'ouest, la bâtisse inspirait le respect et l'admiration. Elle n'était pas aussi grande que Hartwood, mais l'était plus que la maison de Poppy, Darlington Abbey.

En pensant à sa sœur, Bianca se rappela qu'elle avait menti au cocher en quittant Hartwood. Elle lui avait demandé d'arrêter l'attelage après les trois premiers kilomètres, lorsqu'il avait fallu prendre une autre direction. Elle l'avait alors informé de leur changement de destination. Il avait semblé hésiter au début, mais c'était surtout parce qu'il craignait qu'il neige.

Calder et lui avaient eu raison. La neige, qui avait commencé par tomber doucement, avait maintenant forci. Alors qu'elle sortait de la berline, Bianca inclina la tête et fut rapidement récompensée par un flocon de neige qui se posa sur son nez.

Elle sourit, et se dirigea vers la maison. Donnelly, qui l'avait accompagnée, lui emboîta le pas.

— My lady ? l'appela le cocher.

Elle s'arrêta et se retourna. Donnelly fit de même, puis sortit du champ de vision de Bianca pour qu'elle puisse voir le cocher.

— Oui ? demanda Bee.

— S'agira-t-il d'une visite rapide ? s'enquit-il, levant les yeux vers le ciel.

— Ce ne sera pas très long, mais pourquoi ne pas emmener les chevaux à l'écurie où ils seront plus au chaud ?

Il acquiesça et retourna au véhicule tandis que Bianca repartait vers la maison. Elles n'avaient pas encore atteint la porte qu'elle s'ouvrit. Un majordome les fit entrer.

— Bienvenue à Buck Manor, dit-il. Puis-je prendre votre cape ?

Bianca pivota et détacha son vêtement.

— Merci. Veuillez faire savoir à Lord Buckleigh que Lady Bianca est ici pour le voir. Ma femme de chambre peut-elle se réchauffer quelque part et peut-être prendre une tasse de thé ?

Le majordome lui prit sa cape, et elle lui tendit ses gants et son chapeau.

— Bien sûr, my lady. Je vais y veiller. Puis-je vous conduire au salon ?

— Ce serait gentil. J'espère qu'il y a un feu !

Il sourit en remettant ses affaires à un valet de pied.

— En effet, il y en a un.

Puis il se tourna vers l'autre domestique, et lui murmura :

— Veuillez conduire la femme de chambre de Madame au salon du rez-de-chaussée.

Bianca adressa un signe de tête à Donnelly avant de suivre le majordome depuis le hall jusque dans une grande salle de réception décorée de vert et d'or. Elle s'avança directement vers l'imposante cheminée où elle se réchauffa les mains devant les flammes crépitantes.

Cela dérangerait-il Ash qu'elle soit venue ? Lui demanderait-il de partir ? Elle jeta un coup d'œil vers les fenêtres, où elle vit que la neige tombait encore plus dru. Pourrait-elle s'en aller, même si elle le voulait ?

— Bee ?

La voix d'Ash traversa le grand salon, envoyant une vague de chaleur dans sa colonne vertébrale, à sa grande surprise. C'était surprenant, car son dos n'était pas devant la cheminée.

Et sans doute parce qu'elle ne voulait pas envisager qu'Ash soit la source de cette chaleur.

Se tournant, elle l'accueillit avec un sourire.

— J'espère que cela ne te dérange pas que je sois venue.

— Pas du tout ! s'exclama-t-il.

Il paraissait sincèrement heureux de la voir, et il s'avança avec un sourire accueillant.

— Je suis surpris. Et ravi, ajouta-t-il, balayant la pièce du regard. Tu es seule ?

— Oui. J'ai dit à Calder que je rendais visite à Poppy. Il m'a vraiment fait su…, commença-t-elle, avant d'inspirer rapidement et de souffler. Peu importe. J'ai l'intention de me rendre chez Poppy ensuite. À condition que le temps ne soit pas trop mauvais.

Elle jeta un nouveau coup d'œil à la fenêtre.

— Il n'a pas l'air terrible, constata Ash. Nous devrions peut-être être brefs.

— C'est ce qu'a suggéré mon cocher. Je peux essayer.

Sauf qu'elle n'en avait aucune envie. Maintenant qu'elle était là, elle voulait rester. Non. Si elle était honnête, elle avait espéré qu'il neige pour être *obligée* de rester. Ils avaient beaucoup de sujets à discuter, et, en premier lieu, de la fête de la Saint-Étienne. Ensuite, de sa réputation, et elle voulait savoir s'il était un pugiliste brutal et sans pitié. Elle n'évoqua aucune de ces questions.

Au lieu de cela, elle s'enquit :

— Ta mère est-elle ici ?

— Oui. J'ai déjà demandé à Cornelius d'aller la chercher.

— Merveilleux !

Bianca était impatiente de la voir. Mais d'abord, il fallait sans doute qu'elle aborde le sujet des événements de la veille à Thornhill.

— Je voulais te parler d'hier.

Il se raidit, et l'air entre eux s'agita, comme si un mur s'était érigé.

— Il n'y a rien à dire. Je te présente mes excuses pour être parti sans te dire adieu.

Elle agita la main.

— C'est le cadet de mes soucis. En fait, cela ne me préoccupe pas du tout.

Ce n'était pas tout à fait vrai. Elle avait été déçue d'apprendre qu'il était parti.

— Je voulais que tu saches que j'ai trouvé le comportement de Thornaby et des autres méprisable. C'était un privilège pour moi de prendre ta défense.

— Merci, dit-il d'une voix douce, mais ses traits étaient durs.

Il tourna les yeux vers la fenêtre au lieu de la regarder.

Bianca s'avança vers lui, impatiente de découvrir tous ces secrets qui l'entouraient.

— Est-ce que cela a toujours été ainsi avec eux ?

— Oui, même si cela faisait bien longtemps que je ne les avais pas vus, répondit-il, secouant la tête en se tournant enfin vers elle. De toute façon, cela n'a guère d'importance. Je n'ai pas l'intention de les fréquenter à l'avenir.

— Moi non plus ! affirma-t-elle, l'air pleinement satisfait, avec un sourire encourageant. Puis-je te demander pourquoi ils t'appellent Rougeaud ?

Malheureusement, elle n'obtint pas de réponse, car

Mme Rutledge apparut, entrant en faisant valser ses jupes lavande et en affichant un large sourire.

— Lady Bianca !

Elle s'approcha de la jeune femme, et elles s'étreignirent chaleureusement.

— Quel plaisir de vous voir, madame Rutledge ! Cela vous va à ravir d'être la mère d'un comte.

Elle éclata de rire.

— Être la mère d'Ashton m'a toujours bien réussi.

Elle posa sur son fils un regard plein de fierté et d'amour, et Bianca en eut un pincement au cœur. Elle n'avait plus de parents pour la regarder ainsi, et son frère ne lui accorderait sûrement pas ce genre d'attention ou d'affection.

— Venez, asseyons-nous, proposa Mme Rutledge avec un geste en direction du coin salon niché près du feu.

Elle jeta un regard dehors et frissonna.

— Quel temps horrible pour sortir !

— Il ne neigeait pas quand je suis partie, dit Bianca en s'asseyant sur le canapé vert foncé. J'étais en route pour aller chez ma sœur, mais il est possible que je me retrouve bloquée ici.

Mme Rutledge s'assit non loin d'elle.

— Oh ! C'est fort possible. La neige commence à s'accumuler.

Ash s'assit à côté de Bianca. Enfin, pas à côté… trente bons centimètres les séparaient.

— J'adore la neige, dit la jeune femme en soupirant. Il se peut que je me glisse dehors et que j'aille marcher dedans si elle est assez épaisse.

— Emmenez Ashton avec vous. Il a toujours adoré la neige. Cela t'a-t-il manqué à Londres, mon chéri ?

— Il neige à Londres aussi, répondit-il. Peut-être pas autant, mais suffisamment pour satisfaire mon plaisir.

Quelque chose dans ces trois mots déclencha une nouvelle vague de chaleur dans l'échine de Bianca.

Le majordome, Cornelius, arriva avec un plateau de gâteaux et de biscuits qu'il déposa, ainsi qu'une théière et trois tasses. Mme Rutledge annonça qu'elle ferait le service. Elle se rappelait précisément comment Bianca aimait prendre son thé. Comme Ash : avec juste un peu de crème et un soupçon de sucre.

Lorsque le majordome se retira, la mère d'Ash s'enquit :

— Qu'est-ce qui vous a poussé à vous arrêter à Buck Manor aujourd'hui ?

Le comte répondit avant qu'elle ait l'occasion de le faire.

— Elle est venue parler de la fête de la Saint-Étienne.

Bianca le regarda attentivement. Il avait répondu, fournissant une raison qu'elle n'avait même pas évoquée. Souhaitait-il que sa mère ignore les événements de la veille ? Encore des secrets. Ce qui ne faisait que renforcer sa détermination à les découvrir. À le découvrir, *lui*.

En fait, elle était vraiment venue pour parler de la fête, donc elle et Ash étaient sur la même longueur d'onde à cet égard.

— Oui, j'espérais que vous et Ash auriez quelques idées à ce sujet. Ash vous a-t-il dit que mon frère refusait de l'organiser ?

Mme Rutledge hocha tristement la tête avant de boire une gorgée de thé.

— Il l'a fait, et je suis navrée de l'apprendre. N'y a-t-il aucun moyen de le persuader ?

— J'ai bien peur qu'il ne se montre intraitable, répondit Bianca, prenant sa tasse avec une grimace. Je suis déterminée à trouver une autre solution. Je n'envisage tout simplement pas qu'il n'y ait pas de fête. Je ne décevrai pas les habitants de Hartwell et de Hartwood.

— Vous avez un cœur si bon, et si généreux, lui dit Mme Rutledge. Mais je l'ai toujours su.

Elle se tourna vers son fils.

— Savais-tu que Lady Bianca a travaillé sans relâche à Hartwell House pour veiller à ce que les résidents soient correctement vêtus et nourris, et à ce que tout soit mis en œuvre pour qu'ils aient une chance de s'en sortir ? Elle apprend même à lire aux enfants.

— Quand je le peux, précisa Bianca, légèrement gênée pour la première fois de sa vie, sans doute.

Elle s'occupa les mains en prenant un biscuit.

— Cela ne me surprend pas, dit Ash d'un ton doux et approbateur. Nous avions prévu de sauver tous ces gens, de faire en sorte qu'ils aient des emplois, des maisons et des familles.

Le regard de Bianca croisa celui d'Ash, et la chaleur qu'elle avait ressentie le long de son échine se répandit en elle.

— Effectivement, confirma-t-elle.

Au bout d'un moment, elle détourna son regard de celui du comte et le reporta sur sa mère.

— Voilà pourquoi il est si important pour moi de veiller à ce qu'il y ait une fête de la Saint-Étienne. À tout le moins, il doit y avoir une fête pour les femmes et les enfants de Hartwell House. Noël devrait être une période joyeuse, où chacun trouve son compte.

— Je me demande…, commença Mme Rutledge, penchant la tête sur le côté, les yeux rivés sur le feu. Je sais que Shield's End n'est pas très grand, mais la plupart du temps, les festivités se déroulent dehors, si le temps le permet. Nous pourrions nous servir de la maison comme d'une cuisine et d'un dépôt pour toute la nourriture et les fournitures.

Bianca joignit les mains. Ce serait une excellente solution que d'utiliser la maison d'enfance d'Ash.

— Quelle merveilleuse idée !

— Tu vois, c'est pour cela que nous ne l'avons pas vendue ! constata Ash avec un sourire.

Sa mère rit.

— Je voulais le faire, mais tu as dit que nous devions attendre. Cela témoigne de ta clairvoyance. Mais je ne vois pas comment tu aurais pu prédire cela.

— Ce n'est pas le cas. J'étais juste réticent à l'idée de m'en séparer.

Les joues du comte se teintèrent d'une légère couleur rose tandis qu'il buvait son thé.

Bianca comprenait ce sentiment. Il y avait quelque chose de très spécial dans les traditions, les racines et les choses, tangibles ou non, qui rendaient la vie d'une personne spéciale et lui donnaient le sentiment d'être aimée.

— Tout comme je refuse de laisser mourir la fête de la Saint-Étienne.

— Précisément, dit Mme Rutledge. Nous l'organiserons donc à Shield's End.

Elle se frotta les mains et sourit.

— J'ai hâte de commencer. Il y aura tellement de choses à faire dans le mois qui vient !

Son enthousiasme était contagieux, même si Bianca n'avait pas besoin de motivation pour se réjouir de ce projet.

— Je vais écrire à toutes les personnes qui contribuent habituellement à la fête en offrant de la nourriture et des boissons.

Elle songea à Thornaby et ses amis. Il était hors de question de leur demander. Et Calder s'était montré très clair : il ne ferait rien.

— Maintenant que j'y pense, je ne sais pas à qui demander.

Elle regarda Ash, qui hocha presque imperceptiblement la tête.

— Je vais m'en occuper, proposa-t-il.

— De toute la nourriture et des boissons ? demanda sa mère, très surprise. Il s'agit d'une entreprise gigantesque ! Il y a beaucoup de gens dans la région qui peuvent, et qui devraient nous aider.

Ash se leva brusquement et alla à la fenêtre.

— Je ne crois pas que tu iras où que ce soit, Bee. La neige s'accumule, et ton véhicule sera bloqué avant de quitter mon allée.

Quel dommage ! Le ventre de Bianca fit un petit saut périlleux.

— J'ai ma femme de chambre avec moi, et j'étais prête pour passer la nuit chez Poppy, alors cela ne me pose pas de problème de rester ici. J'espère que ce n'est pas une contrainte.

Ash se tourna et la regarda dans les yeux.

— Pas du tout. Je vais demander à Cornelius de te préparer une chambre. Le dîner est à sept heures. Maintenant, si vous voulez bien m'excuser, mesdames, j'ai une correspondance à terminer.

Il s'inclina devant sa mère et la jeune femme, puis quitta la pièce.

Bianca se rendit compte qu'il avait fait tout son possible pour éluder la perspective de demander à d'autres personnes d'aider à l'organisation de la fête. À l'évidence, il ne voulait pas que sa mère soit au courant de l'inimitié entre lui et les autres gentlemen des environs.

Des gentlemen ? Non, ce n'étaient pas des gentlemen, mais des goujats.

— Pour ce qui est de savoir à qui demander de l'aide, dit Mme Rutledge, après avoir grignoté un gâteau, je me souviens que le vicomte Thornaby a toujours soutenu cet événement, tout comme Keldon. Je suis sûre qu'il y en a d'autres. Quoi qu'en dise Ashton, il n'est pas normal qu'il porte tout le fardeau.

Bianca était d'accord, mais elle respectait également son désir de ne pas demander d'aide. Sa fierté importait. De plus, elle n'était pas certaine que ces brutes lui apporteraient de l'aide si Ash était l'organisateur. Et si c'était elle qui demandait, le feraient-ils ?

Cela n'avait pas d'importance. Elle ne voulait pas leur poser la question. Elle retournerait voir Calder et le supplierait de lui fournir au moins de la nourriture et de la bière. Il ne pourrait pas refuser.

En fait, si, il le pourrait, et il le ferait très certainement. Elle se renfrogna devant sa tasse de thé avant de prendre une gorgée du liquide désormais tiède.

— Je serais ravie d'aider à la correspondance, proposa Mme Rutledge.

— Je vais commencer par ma sœur, lança Bianca rapidement.

Par le passé, les occupants et certains membres du personnel de maison de Hartwood et de Darlington Abbey accomplissaient la plus grande partie du travail. D'autres domaines de la région, comme Buck Manor et Thornhill, apporteraient également leur contribution. Ils devraient tout simplement se passer de Thornaby et de ses amis. Elle adressa un sourire radieux à la mère d'Ash.

— Vous n'avez qu'à vous concentrer sur la préparation de Shield's End.

Mme Rutledge acquiesça.

— Je suis convaincue que nous pouvons trouver suffisamment de personnes prêtes à nous aider. Je suis désolée d'apprendre que votre frère n'est pas disposé à organiser la fête. Je dois avouer que cela me surprend, vu l'importance que cet événement a toujours revêtue pour votre famille.

— Personne n'a été plus surpris que moi.

Bianca se demandait si elle saurait un jour ce qui se passait dans la tête de son frère. Elle craignait de ne jamais y parvenir. Elle craignait aussi qu'il ne soit perdu pour eux, que le Calder qu'ils avaient connu et aimé ne soit parti pour toujours. Si elle en avait connu la raison, il y aurait peut-être eu un moyen de le ramener.

Cornelius entra dans le salon à cet instant et regarda Bianca.

— Si vous êtes prête, my lady, je serais heureux de vous montrer votre chambre.

La jeune femme se leva.

— Merci, oui.

Mme Rutledge se leva à son tour, et serra Bianca dans ses bras. Puis elle lui tint les mains pendant qu'elle parlait.

— Je suis tellement ravie que vous soyez venue ! J'ose dire que ce n'est pas tout à fait convenable, mais je suis ici pour jouer le rôle de chaperon, dit-elle avant d'agiter les sourcils. Ai-je besoin de jouer les chaperons ? J'ignore si mon fils est à la recherche d'une comtesse, mais je ne vois personne qui conviendrait mieux.

Oh, doux Jésus ! Bianca n'était pas du tout intéressée par le mariage. Pas avec Ash. Avec personne.

Pourtant, l'idée de devenir la comtesse d'Ash lui provoqua un frisson séduisant…

Bianca serra les mains de Mme Rutledge avant de les lâcher.

— Ash et moi sommes de vieux amis. Nous n'avons pas besoin de chaperon, sauf si la bienséance l'exige, expliqua Bianca, levant les yeux au ciel. Non pas que cela ait de l'importance ici.

C'était encore une raison pour laquelle elle n'avait aucune envie d'une saison à Londres. La bonne société et ses règles ridicules. Elle s'y sentirait tellement contrainte, tellement *piégée* !

— J'espère que votre sœur ne s'inquiétera pas en ne vous voyant pas arriver, dit Mme Rutledge.

— Elle comprendra que c'est à cause du temps. Avec un peu de chance, la neige s'arrêtera bientôt, ou dans la nuit, et je pourrai voyager demain.

Ou pas. Bianca n'imaginait rien de plus agréable que de passer une journée dans la neige avec Ash. Elle le bombarderait de boules de neige, et ils pourraient faire un tour à cheval. Ils feraient la course, et elle le battrait à nouveau.

Peut-être le laisserait-elle gagner cette fois… Mais elle le soupçonnait de l'avoir laissée gagner la dernière fois. Son pouls s'emballa à cette idée. Dans tous les cas, ce serait une merveilleuse façon de passer la journée.

Bonté divine ! Peut-être avaient-ils besoin d'un chaperon, après tout…

CHAPITRE 6

Ash réussit à faire en sorte que la conversation au dîner ne soit pas du tout axée sur la fête de la Saint-Étienne. Au lieu de cela, ils se concentrèrent sur des histoires de leur jeunesse. Bianca avait conscience qu'il souhaitait éviter de parler de la fête, et elle faisait de même. Et ils évitaient tous deux d'aborder le sujet de l'aide à demander aux gens. Elle le comprenait mieux que personne ne l'avait jamais fait.

En un mot, c'était fascinant.

La neige avait continué à tomber dans la soirée, avant de finalement se calmer pendant le dîner. Il était presque minuit à présent, et la maison était sombre et silencieuse. Ash descendit avec l'intention de se glisser dehors pour voir si la neige avait repris, ou si le ciel s'était éclairci.

Muni d'une lanterne, il traversa le hall vers l'arrière de la maison, jusqu'à la terrasse. Un éclair bleuté provenant de la bibliothèque le fit s'arrêter. Un candélabre posé sur une table à l'intérieur éclairait Bianca. Elle se tenait près de la lumière vacillante, la tête penchée sur un livre qu'elle tenait dans ses mains.

Ash se contenta de rester là et de l'observer un moment. Ses cheveux noirs tombaient en une natte lâche sur son épaule, dont l'extrémité s'enroulait contre le renflement de sa poitrine. Sous le bleu égyptien de sa robe de chambre, le corps de la jeune femme l'attirait : la courbe élégante de son épaule, la douce échancrure de sa taille, le galbe séduisant de sa hanche. Bon sang ! Depuis quand était-il autant attiré par elle ?

Elle détacha les yeux de la page et se tourna vers lui, comme si elle avait senti sa présence. En souriant, elle referma le livre.

— Ash.

Il entra dans la bibliothèque, comme attiré par un aimant.

— Je ne m'attendais pas à te trouver ici.

— Que t'attendais-tu à trouver ?

— Rien, en réalité. J'allais sortir pour voir si la neige avait recommencé, ou si c'était vraiment terminé.

Elle reposa rapidement le livre sur une table et vint se poster devant lui, le regard impatient.

— Je viens avec toi.

Il lui offrit son bras et, alors que sa main chaude s'enroulait autour de lui, il prit douloureusement conscience qu'ils étaient tous deux à peine vêtus : elle d'une robe de chambre et lui d'un peignoir par-dessus sa chemise et son pantalon. C'était tout à fait déplacé, et il s'en moquait éperdument.

C'était Bee. Ils se connaissaient depuis toujours, semblait-il. Amis depuis l'enfance. Pourtant, il s'agissait de quelque chose de plus. Il se demanda si elle le ressentait aussi.

Il la guida au-dehors sur la terrasse, où il devait y avoir presque huit centimètres d'épaisseur de neige. Ils sortirent à peine, restant à l'écart de la couche froide.

Bianca leva les yeux vers le ciel noir d'encre.

— Il neige !

Observant la terrasse toute blanche, elle releva l'ourlet de sa robe et s'enfonça dans la neige.

— Ooh, c'est froid et humide !

Elle haussa négligemment une épaule avant de basculer la tête en arrière.

Des flocons légers et doux se posèrent sur son visage. Il brandit la lanterne pour voir les gracieuses pommettes de la jeune femme, l'éclat lumineux et éblouissant de ses yeux bleus. Il n'avait jamais rien vu de plus beau. Il s'approcha d'elle et essuya un flocon sur sa joue.

Elle abaissa la tête pour le regarder, les lèvres entrouvertes, l'air heureux. Il porta son doigt à sa bouche et lécha le flocon.

Elle posa son regard bleu sur la bouche du comte, et le désir qui avait enflé en lui toute la journée monta crescendo, durcissant son sexe, lui coupant le souffle.

— Nous tentions toujours d'attraper les flocons de neige !

Elle bascula à nouveau la tête en arrière et ferma les yeux, avant de tirer la langue.

Ce qui était beau était maintenant aussi incroyablement érotique. Ash s'intima de rentrer, de lui dire qu'elle devait retourner dans sa chambre. Mais il ne fit ni l'un ni l'autre. Il fixa la bouche de Bianca et songea à sa langue faisant des choses... Il s'imagina l'embrasser sous le ciel enneigé.

Il n'en fit rien non plus.

Elle attrapa un flocon de neige et ramena sa langue entre ses lèvres. Elle ouvrit les yeux, et ce fut comme s'il pouvait voir directement dans son âme : un phare lumineux qui était désormais gravé dans sa mémoire. Il se demanda si elle aurait pu être une lumière dans les ténèbres d'Oxford. Il ne le saurait jamais.

Un rire doux et béat s'échappa de la bouche de la jeune femme.

— Dommage qu'il fasse nuit, sinon je te bombarderais de

boules de neige.

— Pas si je te bombarde le premier !

Elle lui lança un regard effronté.

— Est-ce un défi ?

— C'est possible, mais il nous faudra des bottes, des vête-ments d'extérieur appropriés et la lumière du jour.

Elle soupira avec regret.

— Et un bain chaud quand nous aurons fini.

Bon sang, il pensait maintenant à elle, nue dans un bain, la vapeur s'élevant de l'eau. Il faillit en gémir de désir. Il se demanda une nouvelle fois comment son amie d'enfance avait soudain pu devenir l'objet de son plus grand désir.

Ash toussa, et s'efforça de réprimer le frisson qui mena-çait d'étirer son cou et d'agiter ses épaules.

— Si tu suggères que nous fassions une bataille de boules de neige et que nous prenions ensuite un bain chaud, je vais devoir te rappeler que la bienséance ne l'accepterait pas.

— Je ne voulais pas dire ensemble.

Ses joues étaient légèrement rosies, mais il n'arrivait pas à déterminer si c'était à cause de leur flirt, ou du froid ambiant.

— Mais n'oublie pas que les convenances sont le cadet de mes soucis, ajouta-t-elle.

Elle se mit à tournoyer dans la neige, les bras écartés. Des flocons s'accrochaient à ses cheveux noirs, lui donnant l'air d'une princesse d'hiver.

— Étais-tu vraiment en route pour aller chez ta sœur ? l'interrogea-t-il.

Elle s'arrêta et laissa retomber ses bras.

— Oui. Mais je savais qu'il était possible que je me retrouve bloquée ici par le temps.

— Et tu es venue ici juste pour me parler… d'hier.

Il n'avait pas vraiment envie d'en reparler, et pourtant il ne pouvait pas s'en empêcher. Il voulait savoir pourquoi elle était vraiment ici.

Il voulait savoir s'il y avait quelque chose de nouveau entre eux. Non, pour ce qui le concernait, il savait qu'il y avait quelque chose. Il avait besoin de savoir si cette sensation était présente pour elle aussi.

— Pas uniquement pour ça, non, dit-elle, et le pouls d'Ash s'emballa. Comme je l'ai dit, Calder était insupportable et j'avais hâte de me retrouver ailleurs qu'à Hartwood. Je voulais aussi te parler de la Saint-Étienne : je suis tellement heureuse que nous ayons résolu ce problème !

En grande partie. Il refusait toujours d'impliquer Thornaby ou qui que ce soit d'autre.

Elle s'avança vers lui, si près qu'il ne restait presque plus d'espace entre eux.

— Je sais que tu ne veux pas que Thornaby, Keldon ou les autres t'aident. Je n'en ai pas envie non plus. Je sais aussi que tu ne veux pas que ta mère sache que tu refuses qu'ils s'impliquent.

Elle était incroyablement perspicace. Et bienveillante. Il se rendit soudain compte qu'un poids terrible pesait sur sa poitrine, d'aussi loin que remontaient ses souvenirs. Il remarqua sa présence à cet instant, car il s'allégea et qu'il se sentit… libre. Un léger frémissement agita ses épaules.

La neige s'accrochait aux sourcils de Bianca à présent, et elle fut parcourue d'un frisson.

— Allons à l'intérieur.

Il glissa son bras autour de la taille de la jeune femme, et la raccompagna dans la maison.

Elle trembla, faisant voler la neige de sa robe de chambre et de ses cheveux.

— Je ne m'étais pas rendu compte à quel point il faisait froid. Tu m'as distrait, affirma-t-elle, plantant son regard dans celui d'Ash, arquant un sourcil. Et tu as aussi changé de sujet. Encore une fois.

Il rit doucement.

— Seulement parce que je ne voulais pas que tu gèles. Il faut que tu retires cette robe de chambre mouillée.

Il posa la main au bas de son dos. La soie de la robe de chambre était humide, et il retira sa main. Non pas parce qu'il ne voulait pas se mouiller, mais parce qu'il ne voulait pas plaquer le tissu froid contre la peau de Bianca.

— Tu peux me toucher.

Grâce à ses paroles et à la passion de son regard, un poids différent s'installa en lui. Un poids bienvenu, chaud et intense.

Il posa doucement sa main contre elle, la guidant vers les escaliers.

— Je ne veux pas que tu prennes froid.

— Je me déshabillerai dès que je serai à l'étage. Cela suffira-t-il ?

Elle lui lança un regard brûlant, et il ne sut pas si elle jouait ou si elle était sérieuse. Était-ce important ? Le corps d'Ash s'enflamma à l'idée qu'elle retire sa robe de chambre…

Ils commencèrent à monter les escaliers.

— Bee, es-tu en train de flirter avec moi ?

— Probablement, répondit-elle d'une voix plus grave qu'il ressentit jusque dans ses os.

Ils n'étaient pas encore arrivés en haut des escaliers, mais elle s'arrêta et se tourna vers lui.

— C'est juste que… j'étais tellement en colère hier ! Je voulais que tu le saches.

Elle scruta son visage, les lèvres légèrement écartées. Sa poitrine se soulevait et s'abaissait au rythme de sa respiration.

Il sentit qu'il y avait plus.

— Que voulais-tu que je sache d'autre ?

— En fait, il s'agit d'une chose que *je* voudrais savoir. Tu as dit que Londres était une longue histoire, puis tu as tergiversé, ne prétends pas le contraire, ajouta-t-elle d'un ton grondeur, mais chaleureux malgré tout. Mon frère m'a dit que tu étais pugiliste. Est-ce vrai ?

Il sentit son pouls battre dans son cou en même temps qu'une bouffée d'excitation ; la combinaison de tension et d'impatience lorsque quelque chose de très secret est sur le point d'être révélé.

— Ça l'est.

Ses yeux s'écarquillèrent légèrement sous l'effet de la surprise, et elle entrouvrit les lèvres en le fixant un instant. La réaction de la jeune femme était troublante.

— Cela te dérange, constata-t-il.

— Je n'en sais rien, avoua-t-elle, l'air tendu. Mon frère m'a dit que tu étais dangereux, que je ne devrais pas m'approcher de toi.

— Je suppose qu'il ignore que tu es ici ? s'enquit-il.

Elle secoua la tête, et il ne put réfréner un petit rire.

— Tu te fiches vraiment des convenances, n'est-ce pas ?

Elle secoua à nouveau la tête. Puis elle lui prit la main.

— Je n'ai pas cru que tu pouvais être dangereux. Pas l'Ash que je connaissais. Mais ensuite, tu as tiré avec ce pistolet, et tu avais l'air si...

— En colère.

Ce mot était loin de refléter l'émotion qu'il avait ressentie. La rage, la douleur, autant de sentiments qu'il avait cru enfouis depuis longtemps. Il lui serra la main plus fort.

— Je ne suis pas dangereux. Pas pour toi.

Il était parfaitement conscient qu'ils se trouvaient dans l'escalier, même s'il ne s'attendait pas à ce qu'il y ait quelqu'un dans les parages. Serrant sa main, il la conduisit sur le palier. Sans un mot, il l'entraîna sur la gauche, vers ses appartements privés. Quelques instants plus tard, il la conduisit dans son salon extérieur, où brûlait un petit feu.

La plaçant devant l'âtre, il lui dit :

— Reste ici, ne bouge pas.

Bianca haussa les sourcils, mais il y avait de l'humour dans son regard. Elle acquiesça en silence, et se rapprocha de la chaleur.

S'étant ainsi assuré qu'elle ne prendrait pas froid, il alla vers le buffet pour remplir deux verres de cognac. Il revint vers elle et lui en tendit un.

— Cela te réchauffera de l'intérieur.

Des images lubriques d'autres manières de la réchauffer de l'intérieur envahirent son esprit. Pourquoi l'avait-il amenée ici ?

Pour qu'il puisse s'expliquer.

Il but une gorgée de cognac, et elle fit de même.

Elle fit tourner le liquide ambré dans le verre.

— Cognac français ?

— Lyndon en avait une bonne réserve. De la contrebande, j'en suis sûr, affirma-t-il.

Il but une nouvelle gorgée, à la fois pour apaiser ses nerfs et éviter de courber le cou.

— Je n'ai jamais discuté avec personne des raisons pour lesquelles je me battais.

Se tournant devant le feu, elle lui fit face.

— Tu te battais, au passé ? Tu ne te bats plus ?

Il se tourna vers elle, secouant la tête.

— Plus depuis la mort de Lyndon. Apparemment, en tant que comte, je dois cesser de le faire.

— Est-ce que cela te manque ?

— Presque tous les jours, dit-il, et un faible sourire remonta à la surface, conjuré par ses regrets. Plus autant qu'avant… Le comté me tient très occupé. Avant cela, j'avais mon travail et mes combats.

— Rien d'autre ?

— Non. J'avais besoin de ces deux choses pour surmonter mon… affliction.

Elle fronça les sourcils, puis fit un pas vers lui.

— Quelle affliction ?

— Tu l'as forcément remarquée, la manière dont je tressaille, les tics sonores ?

Elle hocha la tête.

— Ma sœur m'en a parlé, elle se souvient que tu faisais cela avant de partir pour Oxford, mais pas moi.

— Tu étais très jeune, tu n'avais pas dix ans, il me semble.

— Oui, mais tu venais en visite, et même si je ne te voyais pas très souvent, je n'ai toujours aucun souvenir de t'avoir vu faire ces choses, insista-t-elle, plissant le front. Qu'est-ce qui les déclenche ?

— Je l'ignore. Cela a toujours été ainsi. C'est devenu de plus en plus gênant lorsque j'ai commencé à mûrir.

Les spasmes pouvaient être quasi constants et les manifestations vocales, y compris des mots et des phrases qu'il n'aurait jamais volontairement prononcés à haute voix, pouvaient survenir à tout moment.

— À l'école, c'était horrible.

— Thornaby et les autres se moquaient de toi à cause de cela, dit-elle d'un ton plat.

— Lyndon était le pire d'entre eux. Lorsque nous prenions des cours ensemble dans notre jeunesse, il se moquait souvent de mes difficultés : les symptômes se sont toujours manifestés lorsque j'étais nerveux ou tendu.

Il détourna son regard d'elle pour le poser sur le feu.

— Ou effrayé.

Vaincre sa peur en se battant avait été son principal objectif après Oxford. L'avouer à quelqu'un d'autre à haute voix était sans doute une nouvelle victoire.

— C'est pour cela qu'ils t'appellent Rougeaud ? s'enquit-elle.

— Parce que mon visage devenait rouge, à la fois par gêne, et à cause des efforts que je fournissais pour me maîtriser.

— Tu me sembles parfaitement te maîtriser aujourd'hui.

— La plupart du temps.

Il inclina la tête sur le côté, et un petit sourire flotta sur ses lèvres.

— Comme ça. Cela semble anodin, mais je ne peux pas le contrôler.

Elle tendit la main et la posa sur sa mâchoire.

— Quel effet cela te fait-il ?

La question fut posée d'une voix douce. Il sentait son inquiétude, ainsi qu'un réel besoin de comprendre.

— Je ne sais pas comment l'expliquer. Lorsque j'étais plus jeune, c'était comme si je me tenais à l'extérieur de moi-même et que je regardais ce qui arrivait à quelqu'un d'autre. Aujourd'hui, c'est tout simplement qui je suis. En plus de mes cheveux roux... c'est l'autre raison de ce surnom.

Bianca passa la main derrière l'oreille d'Ash, et glissa les doigts dans ses mèches épaisses.

— J'ai toujours adoré tes cheveux. Je voulais les mêmes. Ils sont si éclatants, pleins de feu et d'énergie.

Un sentiment d'impatience grandissait en lui.

— Comme toi.

Les mots jaillirent de sa bouche... mais il n'aurait pas voulu les retenir. S'il perdait le contrôle en présence de Bianca, il n'était pas certain d'avoir envie de se maîtriser.

Mais il aurait dû.

— Oui, murmura-t-elle. Tes cheveux reflètent ce que je ressens à l'intérieur ; ce n'est pas juste qu'ils soient à toi.

Il sourit, complètement charmé par cette femme. Et oui, c'était bien une femme, et non la fille de son enfance.

— Bee... Bianca... je vais t'embrasser, à moins que tu me demandes de ne pas le faire.

Elle leva les yeux sur lui, puis laissa retomber sa main de ses cheveux. Tournant la tête, elle déposa son verre sur le manteau de la cheminée, avant de croiser à nouveau son regard. Elle n'écarta pas les lèvres, et le regard qu'elle lui lança était empli d'attentes. C'était une invitation.

Ash plaça le cognac qu'il n'avait pas terminé près de celui de Bianca. Il posa les mains sur les joues de la jeune femme, et se rapprocha, jusqu'à ce que leurs poitrines se touchent.

— Dernière chance, murmura-t-il, juste avant que ses lèvres ne frôlent celles de Bianca.

Elle aplatit les paumes contre son torse. Sa chaleur s'infiltrait en lui à travers l'humidité de son peignoir. Il prit cela comme un encouragement et plaqua sa bouche contre la sienne. Elle remua contre lui, timidement d'abord. Ash y allait lentement, à la fois pour lui donner le temps de s'adapter et pour qu'elle décide si elle voulait s'arrêter.

Puis elle enroula ses doigts dans la soie de son peignoir et se laissa aller contre lui. Il pouvait oublier la lenteur. Pourtant, il garda le contrôle. Il inclina la tête sur le côté, tout à fait volontairement cette fois, et ouvrit la bouche contre celle de la jeune femme. Doucement, il fit glisser sa langue le long de sa lèvre inférieure.

— Ouvre, murmura-t-il.

Elle entrouvrit les lèvres, et il glissa sa langue dans sa bouche. De nouveau, elle planta ses doigts dans sa chair à travers le tissu. Elle bougea sa langue contre celle du comte, sa bouche s'épanouissant sous la sienne, et le concert entre eux démarra.

C'était un morceau qui lui réchauffait l'âme, et il lui enveloppa la nuque d'une main, tandis que l'autre descendait le long de son dos et se plaquait contre le bas de sa colonne vertébrale. Il s'écarta de sa bouche, mais seulement pour revenir selon un nouvel angle, pour pouvoir connaître chaque partie d'elle. Elle réagissait avec enthousiasme et avidité, ses mains s'agrippaient à son cou, et son corps se pressait contre le sien.

Il descendit la main jusqu'à ses fesses et la plaqua contre

son érection. Un grondement sourd naquit dans la poitrine d'Ash, et elle s'éloigna.

Que suis-je en train de faire ?

C'était Bee. Pas une traînée londonienne. Il recula et porta la main à sa bouche, horrifié.

— Je suis sincèrement navré.

Elle lui lança un regard noir, et il se sentit plus mal qu'il ne l'avait jamais été.

Puis elle dénoua le cordon à sa taille et laissa tomber sa robe de chambre sur le sol. Sous le vêtement, elle ne portait qu'une fine chemise de nuit, à travers laquelle il distinguait toutes les courbes et les reliefs de son corps.

Sa bouche s'assécha totalement. Il fallait qu'il sache si tout cela était dans sa tête.

— Que fais-tu ?

— Je t'encourage à ne pas t'arrêter. Est-ce que cela fonctionne ?

Mais… elle ne voulait pas qu'il s'arrête ?

Il cligna des yeux, essayant de comprendre ce qui se passait entre eux et en lui-même. Il n'avait jamais rien désiré plus fort qu'il désirait Bianca.

Avec un soupir exaspéré, elle passa sa chemise de nuit par-dessus sa tête et retira ses pantoufles.

— Et maintenant ? Je t'en prie, dis-moi que cela suffit à te tenter, parce que je n'ai plus rien à enlever. Je suppose que je pourrais essayer de te séduire, mais j'ignore totalement quoi faire…

Il ne sut jamais si elle avait voulu dire autre chose, car il la ramena contre son torse et l'embrassa fougueusement. Il ne reprit son souffle que quelques minutes plus tard.

Il la regarda droit dans les yeux.

— Je suis séduit.

CHAPITRE 7

*L*a joie se mêlait à l'excitation et à l'impatience lorsque Bianca s'agrippa au cou d'Ash. Ce n'était pas du tout ce qu'elle avait envisagé en décidant de venir ici aujourd'hui, et pourtant elle ne pouvait pas dire qu'elle était surprise. À ses yeux, en tout cas, c'était là l'inévitable conclusion de leur relation. Comme si leur enfance avait été un prélude à cela, afin de leur donner un passé commun qui les lierait comme rien d'autre ne pourrait le faire.

Ou peut-être était-ce simplement parce que lorsqu'il l'embrassait, elle avait l'impression qu'elle allait se liquéfier. Pas seulement lorsqu'il l'embrassait. C'était aussi sa manière de la regarder. Sa manière de lui parler. Sa manière de respecter sa personnalité et la façon dont elle menait sa vie. Personne d'autre ne lui donnait l'impression d'être si… bien.

— Montre-moi ce qu'il faut faire, murmura-t-elle.

Ash posa ses yeux bruns et chauds sur ceux de Bianca.

— Tu es sûre ?

Elle hocha la tête.

— Plus que jamais.

Il haussa un sourcil auburn, avec une pointe d'humour.

— Tu as toujours été une femme de conviction.

Il la souleva dans ses bras, et lui fit franchir l'embrasure d'une porte.

Qui menait à sa chambre à coucher. La pièce était grande, mais le lit à baldaquin trônait en bonne place sur une estrade surélevée le long du mur opposé à la cheminée. De lourdes tentures bleu foncé ourlées d'or étaient suspendues autour du lit, et les draps étaient encore plus luxueux. Des bleus profonds et des ors serpentaient sur l'édredon.

— C'est un peu ostentatoire à mon goût, dit-il en la déposant. Cependant, je préfère dépenser mon argent dans d'autres domaines. Comme l'organisation d'une fête de la Saint-Étienne.

Elle se mit à genoux et passa les bras autour du cou d'Ash.

— Oh, Ash ! Tu es vraiment merveilleux !

Leurs lèvres se touchèrent à nouveau, et elle s'abandonna à son baiser. Non, elle ne s'abandonnait pas, car elle était tout autant impliquée que lui. En fait, il lui semblait qu'elle pouvait faire davantage pour servir sa cause.

Elle glissa les mains dans l'ouverture du peignoir d'Ash, et le repoussa de ses épaules. Elle se souvint qu'il y avait un cordon, mais elle était déjà en train de le dénouer, et le vêtement glissa sur le sol.

Posant les yeux sur sa chemise et son pantalon, elle fronça légèrement les sourcils.

— Tu portes beaucoup plus de vêtements que moi.

— Une situation improbable, puisque les femmes sont en général beaucoup plus vêtues que les hommes. Cependant, nous pouvons facilement rectifier cela.

— Oui, s'il te plaît.

Elle trouva l'ourlet de sa chemise, sortie de son pantalon, et le remonta par-dessus la tête d'Ash. Il lui apporta son aide, et jeta le vêtement dès qu'il le put.

Elle scruta son torse nu à la lumière du feu.

— Et voilà tes taches de rousseur, dit-elle en observant les légères taches brun pâle qui parsemaient le haut de son torse. Je craignais qu'elles aient toutes disparu.

— Je me suis réjoui d'en voir disparaître.

— J'étais en train de me dire qu'elles m'avaient manqué.

Elle passa les doigts sur sa chair, se délectant de sa chaleur et de sa fermeté. Puis elle abaissa la tête et embrassa la plus grande tache de rousseur qu'elle put trouver.

— *Bee.*

— Tu portes encore ton pantalon.

Elle ferma les yeux et traça une ligne de baisers en remontant sur son torse, le long de son sternum et de son cou. Il rejeta la tête en arrière et elle sentit qu'il ouvrait la fermeture de son pantalon. Un instant plus tard, le vêtement avait disparu, ou du moins elle en eut l'impression.

Bianca passa les mains sur le torse d'Ash, savourant les ondulations de ses côtes et de ses muscles abdominaux, en direction de sa taille. Elle ne trouva aucun vêtement pour lui barrer le passage. Mais il y avait son sexe.

Ses mains se figèrent, et elle se retira légèrement, observant son membre. Jamais elle n'avait vu un tel homme en personne. Oh ! Elle avait vu des dessins, dissimulés dans l'étagère inférieure de la bibliothèque de Hartwood, mais ce n'était rien comparé à cela. À Ash.

— Veux-tu arrêter ? lui demanda-t-il.

C'étaient des paroles adorables, comme une caresse verbale.

Elle leva le regard vers celui du comte, et secoua la tête.

— Non.

— Je peux continuer à te demander, au cas où tu changerais d'avis.

— Ce ne sera pas le cas.

Elle voulait ceci… Elle le voulait, *lui.*

— Mais le fait que tu accepterais est adorable.

— Bien sûr que j'accepterais. Je ne veux pas que tu regrettes.

— Impossible. Maintenant, dis-moi comment te séduire.

Il rit doucement.

— Comme je l'ai dit, je suis déjà séduit. Toi, en revanche, tu as besoin de toute mon attention.

Il posa la main sur son sein, la fit glisser en dessous et en souleva le poids.

La sensation était simple, mais incroyablement décadente. Elle n'avait jamais imaginé pouvoir éprouver un tel désir. Il commençait à l'endroit où il la touchait et s'étendait vers l'extérieur, descendant en spirale dans son ventre et s'accumulant entre ses jambes. Lorsqu'il l'avait embrassée pour la première fois, une étincelle s'était allumée là, et à présent il attisait les flammes, alimentant en elle un feu qui ne demandait qu'à brûler.

Il referma sa main sur elle et s'empara à nouveau de ses lèvres. Elle lui rendit son baiser, mais son attention était focalisée sur le fait qu'il touchait sa poitrine. Il la caressa doucement, passant ses doigts sur son mamelon. C'était à la fois trop, et pas assez.

Elle se colla à lui, lui offrant tout ce qu'il pouvait prendre. Il abandonna sa bouche, ses lèvres traçant un chemin brûlant sur son cou et sur sa clavicule. Poussant son sein vers le haut, il le garda captif dans sa bouche. Puis il le suça.

La sensation entre ses jambes s'intensifia. Elle se faisait l'effet d'une vraie dévergondée. Elle avait désespérément envie qu'il la touche pour soulager cette douleur qui grandissait en elle. Elle serra les jambes l'une contre l'autre, cherchant un moyen de satisfaire son besoin.

La main libre d'Ash parcourut le ventre de Bianca jusqu'à sa taille, puis descendit jusqu'à sa hanche. Ses gestes étaient doux et subtils, mais elle était consciente de chaque effleurement de ses doigts et de sa paume. Il passa une main derrière elle, caressant la courbe de ses fesses.

La chair entre ses jambes se mit à palpiter.

— Touche-moi.

Il ramena sa main le long de sa hanche et de sa cuisse, se rapprochant de plus en plus de l'intérieur.

— Ici ? murmura-t-il juste avant de lui caresser le sexe.

Oui, mais bien plus encore.

— Tu m'aguiches.

Il releva la tête et lui adressa un sourire sensuel.

— Cela fait partie du sexe. Aguicher, s'impatienter.

Il passa les doigts sur elle, une caresse légère destinée à la torturer, elle en était certaine.

— Si tu cherches à me rendre plus sensible, je dois te dire que je le suis plus que jamais. Je crois que je pourrais mourir si tu ne me touches pas.

— Nous ne voudrions pas que cela arrive, confirma-t-il, appuyant son pouce sur son sexe. Je crois que c'est ici que tu veux que je te touche.

Elle sursauta lorsque des lumières se mirent à danser devant ses yeux. C'était comme si toutes ses sensations se rassemblaient et se renforçaient à cet endroit précis.

— Oui.

— Et si je continue à le faire, ton désir va augmenter, expliqua-t-il.

Il la caressa avec son pouce et ses doigts. Il faisait exactement ce qu'il disait.

— Si je vais plus vite, le plaisir augmentera jusqu'à ce que tu ne puisses pas tenir une seconde de plus.

Tout ce qu'il avait décrit était vrai. Ses jambes faiblirent, et elle commença à s'effondrer. Il la fit reculer sur le lit jusqu'à ce qu'elle soit étendue devant lui. Elle voulait le regarder, partager cela avec lui… mais lorsque son corps se mit à trembler, elle ferma les yeux.

— Maintenant, jouis pour moi, Bee.

Il accéléra le mouvement de ses doigts, puis en glissa un en elle. C'était là, l'instant où elle ne pouvait plus tenir. Chacun de ses muscles se contracta, et son corps subit une véritable tempête. Elle n'était pas certaine de ce qu'il était en train de faire. Tout ce qu'elle savait, c'était que le plaisir pleuvait littéralement sur elle. C'était comme un déluge d'éclairs et de tonnerre qui se libérait soudain en un crescendo lumineux et rugissant.

— Chut, murmura-t-il contre son oreille.

Vaguement, elle reprit conscience du corps d'Ash contre le sien, de sa main qui caressait son sexe, l'apaisant après la tempête. Elle ouvrit les yeux et le regarda. Il avait le visage tendu, la mâchoire contractée.

— C'était magnifique.

Bianca se blottit contre Ash, et elle sentit le frôlement de son sexe contre sa cuisse. Elle se sentait idiote. Il n'avait pas participé.

— Mais aussi… ce n'était pas juste. Qu'en est-il de toi ?

Il l'embrassa sur la tempe.

— C'était pour toi.

Elle secoua la tête.

— Je veux que tu vives ce que j'ai vécu, insista-t-elle, roulant sur le flanc. Puis-je ?

Elle toucha doucement son sexe. Il était doux, lisse et… incroyablement dur.

— Montre-moi.

Ash posa la main sur celle de Bianca, et enroula les doigts de la jeune femme autour de sa chair. Puis il la guida jusqu'à la base.

— De haut en bas, lui dit-il d'une voix rauque. Lentement, pour commencer.

Pour commencer. Elle fit ce qu'il lui expliquait, le tenant délicatement en remontant la main le long de son membre.

— Comme tu l'as fait avec moi ? s'enquit-elle.

Il hocha la tête, alors elle continua, sur un rythme doux.

— Ensuite, plus vite, comme tu l'as fait aussi avec moi ?

Elle augmenta sa vitesse.

Il roula sur le dos.

— Doux Jésus. Oui.

— Quand vas-tu mettre ceci en moi ?

Le sexe de Bianca recommençait à palpiter. Était-ce normal ? Elle avait envie de connaître à nouveau cette libération qu'il lui avait offerte.

Il ferma les yeux ; son visage reflétait son désir.

— Après notre mariage.

La main de Bee s'arrêta, et Ash ouvrit les yeux. Il tourna la tête pour se concentrer sur elle, les pupilles dilatées.

Mariage ? Avait-elle bien entendu ?

— Mais nous n'allons pas nous marier !

Il cligna des yeux, puis baissa le regard vers l'endroit où elle le touchait encore.

— Je crois que nous devrions.

Elle retira sa main et s'éloigna de lui.

— Pourquoi ?

— Cela me semble évident.

À cause de ce qu'ils avaient fait. Et oui, c'était sans doute le cours normal des choses.

— En fait, je ne pense pas que ce soit évident. Je crois que c'est ce que la plupart des gens attendraient, mais je ne suis pas la plupart des gens. Bien au contraire, je n'ai aucune envie de me marier.

La couleur se mit à monter au visage d'Ash, et il tressaillit deux fois de suite.

— Bon sang !

Le juron fusa, et au vu du froncement de sourcils qui s'en-suivit, Bee comprit qu'il n'avait pas voulu dire cela.

Son « affliction » refaisait surface. Et c'était de sa faute.

— Je suis navrée. Je ne voulais pas te bouleverser. C'est juste que… j'ai aimé ce qui s'est passé ce soir entre nous, et j'aimerais continuer. Mais je comprends si tu préfères ne pas le faire.

Il tourna la tête, et son cou s'étira : un autre tic.

— Mon honneur ne me le permet pas.

Elle avait dit qu'elle comprenait, et c'était le cas. Mais cela ne signifiait pas qu'elle n'était pas déçue. Elle glissa hors du lit.

— Je vais y aller.

Il se redressa.

— Bee…

— C'est bon, lui dit-elle en souriant. Merci. Pour ce que tu m'as donné. Je chérirai toujours cette soirée.

Prise d'une émotion soudaine, elle se précipita hors de sa chambre et retourna dans le salon, où elle se rhabilla rapidement. La robe de chambre, en particulier, était toujours humide, et elle commença à frissonner en s'efforçant d'enfiler ses pantoufles mouillées.

Vite, avant qu'il ne sorte et ne voie que tu es bouleversée !

Bianca quitta précipitamment le salon, et traversa l'étage pour rejoindre sa chambre. Elle avançait vite, priant pour que personne ne la voie, surtout pas la mère d'Ash.

Enfin, elle atteignit sa chambre. Une fois à l'intérieur, elle se dirigea vers le feu, plutôt faible.

— My lady ? l'appela la voix endormie de Donnelly, en provenance du dressing.

Un instant plus tard, la domestique apparut, passant une main sur ses yeux.

— Je suis navrée. Je me suis endormie.

— C'est bon.

De toute manière, à cet instant, Bianca préférait être seule.

— Je vais attiser le feu, proposa Donnelly, s'attelant déjà à la tâche.

Un plus grand feu et la chaleur qu'il fournirait ne seraient pas de trop ; Bianca était encore frigorifiée. Et elle n'était pas convaincue que ce soit uniquement dû à ses vêtements.

Elle passa devant Donnelly pour se rendre dans le dressing.

— Il faut que je me change.

Un instant plus tard, elle était vêtue d'une chemise de nuit propre et sèche. Elle se précipita vers la cheminée et se pelotonna dans le fauteuil qui se trouvait devant.

Donnelly alla chercher une couverture sur le lit et en enveloppa Bianca. La chaleur commença à l'apaiser... du moins à l'extérieur. À l'intérieur, elle avait toujours froid.

— Puis-je vous apporter autre chose ? proposa Donnelly.

Bianca tenta de lui sourire, mais en vain.

— Non, je vous remercie. Retournez vous coucher. Je suis sortie pour regarder la neige et il me faut juste quelques minutes pour me réchauffer.

Donnelly acquiesça.

— Bien sûr, my lady.

Puis elle se retourna et repartit dans le dressing, où son lit de camp était installé.

Peu à peu, la chaleur s'infiltra dans le corps de Bianca, mais pas le même genre qu'Ash avait attisé en elle. Elle chercha à identifier la raison de ce sentiment de froid et de vide en elle, sentiment qui lui obstruait la gorge avec des larmes non versées.

Elle songea à la générosité et à la gentillesse dont Ash avait fait preuve tout au long de la soirée, et à la manière dont elle avait réveillé son infirmité. La douleur qu'elle ressentait s'intensifia. Elle détestait l'avoir bouleversé.

Quel bazar ! Elle envisagea de retourner dans la chambre d'Ash pour s'excuser auprès de lui, mais se dit que cela ne ferait qu'envenimer les choses entre eux. Mais… cela risque-rait-il de troubler et de perturber leur amitié ? Elle n'y avait pas réfléchi. Elle n'avait rien envisagé d'autre que de savourer ce délicieux moment qui venait de naître entre eux.

Et, si elle y retournait, ce moment pourrait-il se pour-suivre ? En avait-elle envie ?

Oui.

Avec un gémissement, elle se cogna la tête contre le coussin du fauteuil à haut dossier. Elle était une dévergon-dée, c'était clair. Elle désirait Ash, son plus ancien et plus cher ami, mais elle ne voulait pas l'épouser. Ce n'était pas lié à lui, c'était le fait de s'enchaîner à quelqu'un qui contrôlerait sa vie. Vivre avec Calder et son comportement lamentable était déjà bien assez pénible.

Il y avait aussi le fait qu'Ash était comte, et qu'il devait être à Londres une partie de l'année. Elle détesterait être loin de chez elle. D'un autre côté, Ash avait manifestement adoré cette expérience, et cela l'avait transformé pour le mieux. Enfin, c'était ce qu'il disait. Pourrait-elle apprécier cette ville à son tour ?

Elle ouvrit les yeux, surprise, et se redressa sur le fauteuil. Était-elle en train de réfléchir à sa proposition ?

Elle ne la rejetait pas totalement. Elle ne pouvait pas. Pas quand elle songeait à ce qu'il lui avait fait ressentir. L'espace d'un instant, elle avait perdu le contrôle, et, pour quelqu'un qui aimait tout gérer, la sensation avait été étonnamment grisante. Parce qu'elle savait qu'elle pouvait faire confiance à Ash.

De plus, si elle ne l'épousait pas, elle ne saurait jamais ce qui se passait ensuite. Elle n'était pas certaine de pouvoir vivre une vie entière avec ce genre de frustration.

Après avoir fixé le feu pendant un long moment, Bianca se leva de son fauteuil et alla jusqu'à son lit. S'enfouissant sous les couvertures, elle ferma les yeux, et chercha à comprendre pourquoi sa vie avait changé aussi vite et aussi radicalement. Tout cela parce qu'elle avait retrouvé Ash.

Le garçon qui l'avait sauvée. Et peut-être le seul qui le ferait jamais.

~

*L*e lendemain matin, Ash descendit délibérément plus tard que d'habitude pour prendre son petit-déjeuner. Outre le fait qu'il avait passé la moitié de la nuit à penser à Bianca et à ce futur qu'il voulait désespérément et qu'il ne pouvait apparemment pas avoir, il n'avait pas particulièrement envie de la voir ni de voir sa mère.

Ce fut donc plein d'espoir qu'il entra dans la salle du petit-déjeuner, s'arrêtant net en voyant les deux femmes assises à la table. Il prit une profonde inspiration et compta jusqu'à trois, mais un frisson le parcourut malgré tout, lui tordant le cou et se répercutant sur ses épaules.

Elles tournèrent la tête vers lui. L'une arborait une expression tendue et impatiente, l'autre était souriante. Sa mère prit la parole.

— Bonjour ! Je me demandais si tu n'étais pas tombé malade. Tu n'es pas sorti dans la neige hier soir, n'est-ce pas ? Je sais à quel point tu aimes les chutes de neige, surtout la première.

— En fait, si, je suis sorti.

Son regard croisa celui de Bianca, mais rien qu'un instant. Il se retourna ensuite brusquement pour aller chercher une assiette sur le buffet. Un tressaillement l'agita, et il fit rouler ses épaules.

Le valet de pied se tenait près du buffet, l'air légèrement confus. En règle générale, il servait l'assiette d'Ash et l'apportait à la table. Mais aujourd'hui, Ash secoua la tête, et le valet de pied battit en retraite.

Après avoir rempli son assiette, Ash alla s'asseoir. Il regarda son repas, et se demanda pourquoi il en avait pris autant. Il n'était pas certain de pouvoir manger. Pas alors que son désir le plus cher était assis en face de lui.

— Hélas, la neige s'est arrêtée, poursuivit sa mère, mais cela signifie que Lady Bianca peut se rendre chez sa sœur aujourd'hui.

— Nous verrons bien, répondit Ash qui prit son couteau pour étaler de la confiture sur ses toasts.

Il chercha à contraindre son corps à se tenir tranquille, mais sa tête pencha sur le côté.

— La neige n'a pas l'air de fondre, et si la température ne se réchauffe pas assez vite, elle ne pourra pas partir. Pas dans une berline, en tout cas. Elle pourrait sans doute se rendre chez sa sœur à cheval.

— Il fait bien trop froid pour un tel voyage ! protesta sa mère, se tournant vers Bianca. Vous allez peut-être devoir rester une nuit de plus.

— Je n'y verrai pas d'inconvénient, répondit la jeune femme.

Bon sang ! Une nuit de plus sous le même toit qu'elle ? La dernière avait déjà été assez pénible.

Ash n'arrivait pas à la regarder. À la place, il se concentra sur sa tartine, qui avait un goût de sable et s'effritait dans sa bouche.

Sa mère repoussa sa chaise.

— Si vous voulez bien m'excuser, je vais me rendre dans mon salon pour travailler sur les préparatifs de la fête de la Saint-Étienne. Il y a tant de listes à faire ! s'exclama-t-elle en souriant. Je suis vraiment ravie de pouvoir aider.

Ash était content de la voir si heureuse. Il savait qu'il lui avait été difficile de quitter leur maison de Hartwell. Mais elle avait insisté pour venir ici afin de le soutenir pendant qu'il apprenait à devenir un comte. Cet événement lui donnerait l'occasion de passer du temps à Hartwell et de voir Shield's End utilisé à bon escient.

— Je me permets de penser que le fait que le duc ait décidé de ne pas organiser la fête profitera à tout le monde. Je ne vois personne de mieux placé que toi pour gérer tout ceci.

Il lui sourit et s'obligea à prendre une nouvelle bouchée de sa tartine.

— Pas moi, dit sa mère. Lady Bianca dirige les opérations. Je suis son joyeux soldat.

Elle commença à se lever, et Ash fit de même. Il avait encore plus de mal à mâcher et à avaler ce morceau de pain. Et à éviter le regard de Bianca.

Peut-être ferait-il mieux de quitter la pièce lui aussi.

— As-tu besoin d'aide ?

Elle lui fit signe de se rasseoir.

— Non. Finissez votre petit-déjeuner. Nous nous verrons plus tard.

Avec un dernier signe de tête joyeux à leur attention, elle se retourna et partit.

Ash abandonna ses toasts et passa aux œufs. Ils n'avaient le goût de… rien. Au moins, il pouvait les avaler sans fournir trop d'efforts.

Bianca jeta un coup d'œil furtif au valet de pied. Au bout de la quatrième fois, il devint évident qu'elle espérait qu'il s'en aille.

Ash se tourna vers le domestique.

— Pourriez-vous aller voir le palefrenier en chef et lui demander s'il pense que Lady Bianca pourra voyager aujourd'hui ?

— Oui, my lord.

Le valet de pied fit demi-tour et s'en alla.

— C'est mieux ? s'enquit Ash, ne lui jetant qu'un bref regard avant de reprendre une bouchée d'œufs insipides.

— Je suis désolée de ne pas pouvoir m'en aller, dit Bianca.

— Nous verrons si c'est le cas.

— Je t'en prie, ne sois pas en colère contre moi.

À cet instant, il la regarda droit dans les yeux.

— Je ne le suis pas.

— Moi, je le suis.

Il pencha la tête, volontairement, et cligna des yeux.

— Tu es en colère contre moi ?

Horrifiée, elle écarquilla les yeux.

— Non ! Je suis en colère contre *moi*. Je n'ai jamais voulu te causer de… chagrin hier soir. Je me sens affreusement mal.

— Tu ne dois pas. Ce n'était pas ta faute.

Elle adopta une expression dubitative et ses sourcils s'arquèrent brièvement.

— Je ne suis pas certaine d'être d'accord avec toi, mais je ne discuterai pas.

— C'est moi qui devrais m'excuser. Je n'aurais jamais dû laisser les choses évoluer.

— Ce n'était absolument pas de ta faute, mais de la mienne. C'est moi qui me suis déshabillée et qui ai tenté de te séduire. Ensuite, j'ai touché ton…

— *Bee*. J'aimerais autant que tu n'en parles pas.

Ressasser leur expérience torride était déjà assez pénible, mais l'entendre la décrire était un supplice qu'il n'était pas prêt à endurer. Un tremblement lui parcourut le cou et le bras.

Le silence retomba. Ash abandonna les œufs et s'attaqua aux harengs. Après une bouchée, il décida qu'il avait terminé son petit-déjeuner. Il se tourna vers Bianca, de profil, qui regardait par la fenêtre. La pente douce de son nez et la forte inclinaison de son menton étaient très caractéristiques. Il aurait pu l'identifier à cinquante pas dans une assemblée de femmes. Et les autres auraient du mal à soutenir la comparaison.

Elle se leva brusquement, et Ash fit de même.

— Je crois que c'est l'heure de notre bataille de boules de neige.

— Je ne suis pas sûr que ce soit une bonne idée.

Elle rit gaiement.

— Allez ! s'exclama-t-elle.

Elle lui lança un regard incisif et taquin, et il ne sut comment résister à son attrait.

— Je pense que tu te sentiras mieux si tu peux me lancer une boule de neige. Ou une dizaine.

Il se sentirait mieux s'il pouvait l'épouser. S'il pouvait affirmer au monde qu'elle lui appartenait… Qu'il l'aimait au-delà de toute mesure.

Il l'aimait ?

Évidemment ! C'était ce que signifiait ce vide douloureux au creux de sa poitrine : la perte d'une chose dont il venait juste de réaliser qu'il la désirait plus que tout. Une comtesse était nécessaire, mais Bianca… Bianca était vitale. Il ne pouvait imaginer que quelqu'un partage sa vie ou son lit.

Soudain, l'idée de lancer des boules de neige, peut-être pas sur elle, lui sembla parfaite.

CHAPITRE 8

En dépit de ses hautes bottes, de sa lourde cape et de ses gants très épais, Bianca était passablement trempée. C'était logique lorsqu'on fabriquait et qu'on lançait des boules de neige, se dit-elle. Pourtant, elle n'aurait échangé sa place pour rien au monde. Voir Ash rire en valait largement la peine, et c'était un véritable cadeau que d'en être à l'origine.

Elle avait lu la déception et la tristesse dans la raideur de son corps à l'instant où il était entré dans la salle du petit-déjeuner. Savoir qu'elle était la cause de sa contrariété l'avait déchirée.

Ensuite, lorsqu'elle s'était excusée, et qu'elle avait voulu assumer ses responsabilités, il s'était comporté en véritable gentleman. Elle se rendait compte qu'il était inégalable.

Elle observa d'un air interrogateur l'endroit où il construisait son bonhomme de neige. Ils faisaient un concours pour voir qui fabriquerait le plus grand sans qu'il tombe. Il avait promis de ne pas aller plus haut que la tête de Bianca, pour que les choses soient équitables.

Sauf qu'il n'était pas là.

Il était trop tard lorsqu'elle entendit le doux froissement de la neige derrière elle, juste avant que le froid ne s'infiltre dans le dos de sa cape.

Haletante, elle se retourna, bouche bée. Il haussa les épaules, l'air rieur. Elle éclata aussitôt de rire.

Il se joignit à elle, et une bonne minute s'écoula avant qu'elle puisse parler.

— Je l'ai mérité.

Elle s'était faufilée derrière lui plus tôt, et avait plaqué une petite boule de neige sur sa nuque. Il avait sauté au plafond.

— Parfaitement !

Elle se rendit compte qu'elle avait encore de la neige dans sa main, qu'elle avait ramassée pour l'ajouter à sa sculpture. Enroulant sa paume autour de la masse froide, elle voulut lancer...

Mais il se précipita vers elle. Elle essaya de reculer hors de sa portée, mais son pied glissa dans la neige et elle fut impuissante à éviter la chute. Ses jambes se dérobèrent sous elle, et elle retomba dans la neige molle.

Ash écarquilla les yeux. Mais les cieux rétablirent la situation et il glissa à son tour.

Ses bras moulinèrent et il tomba en avant. Il parvint tout juste à pivoter pour atterrir à côté d'elle. Malheureusement, il se retrouva le visage dans la neige.

Il souleva la tête et la tourna vers elle. Il avait de la neige sur le front, le nez et le menton. C'était un bonhomme de neige vivant. Bianca éclata à nouveau de rire.

Il lui sourit.

— Ai-je l'air absurde ?

Elle reprit son souffle.

— Tu ressembles à mon frère, si son apparence extérieure reflétait son intérieur, affirma-t-elle, grimaçant aussitôt. Je n'aurais sans doute pas dû dire cela.

— Ce n'est pas comme si j'allais le lui répéter. Ton secret… tous tes secrets sont en sécurité avec moi.

Elle n'était pas sûre d'avoir des secrets. En dehors de la nuit passée. Et Ash le connaissait. Ce qu'il ignorait, c'était la profondeur de ses regrets et le malaise qu'elle ressentait, surtout à ce moment précis.

Elle aimait être avec lui. Grâce à lui, elle avait le sentiment que l'on s'occupait d'elle et qu'on la respectait. Si elle devait se marier, il était le genre d'époux qu'elle voudrait.

S'appuyant sur un coude, elle se tourna sur le côté, ce qu'elle regretta aussitôt lorsque le froid humide satura ses vêtements au niveau de sa hanche. Il n'y avait plus rien à faire maintenant. Elle aurait besoin d'un bain dans tous les cas.

Elle le regarda essuyer la neige sur son visage.

— Ton offre d'hier soir est-elle toujours valable ?

La main d'Ash se figea, puis tressaillit ; un tremblement, sans doute. Il acheva d'ôter la neige et la transperça de ses chaleureux yeux couleur chocolat.

— Elle le sera jusqu'à ce que tu décides d'épouser quelqu'un d'autre.

Elle en eut le souffle coupé.

— Je n'en ferai rien. Ce n'est pas que je ne veuille pas t'épouser, lui dit-elle, et au contraire… *elle le pourrait*. C'est que je ne veux épouser personne.

— Alors il se pourrait que nous mourions tous les deux sans être mariés.

Il l'avait dit de manière ironique, mais c'était une pensée incroyablement triste.

— Oh, que c'est déprimant !

Il rit doucement en se tournant sur le côté pour lui faire face.

— C'est la vérité. Parfois, elle n'est pas telle que nous la voulons, mais nous devons vivre avec.

Elle songea à son infirmité et à la douleur qu'elle lui avait infligée, et à la manière dont il avait appris à y faire face et à survivre. Elle sentit une bouffée d'admiration monter en elle.

— Tu es un homme extraordinaire. C'est pourquoi je veux que tu saches qu'il ne s'agit pas de toi.

Il hocha la tête.

— Je comprends, dit-il, avant de prendre une voix plus aiguë pour l'imiter. *Si* je devais me marier, ce serait avec toi !

Il baissa à nouveau le ton, et lui demanda :

— C'est bien cela ?

Il sourit, et elle ramassa un autre morceau de neige qu'elle jeta sur sa poitrine. Ash écarquilla les yeux, puis les plissa. Sa mâchoire se contracta juste avant qu'il ne s'élance vers elle et ne la pousse sur le dos une fois encore.

Agrippant les mains de la jeune femme, il les maintint au-dessus de sa tête. Elle haleta à nouveau, mais ce n'était pas à cause du froid dans son dos, plutôt à cause de la façon dont il la chevauchait.

— Quelqu'un t'a-t-il déjà dit que tu étais diabolique ?

— Mon frère et ma sœur, sans doute.

Elle fut envahie d'un sentiment de chaleur et de joie, ainsi que d'une brûlure fulgurante liée au fait qu'il lui tenait les bras et que leurs bassins se touchaient. Pourquoi refusait-elle sa demande en mariage ?

— Ce n'est pas seulement que je ne souhaite pas me marier. Si je t'épousais, je devrais vivre à Londres, et je n'en ai pas envie. J'apprécie de vivre ici. Non, j'adore vivre ici.

Surtout à cet endroit précis. Avec lui.

— On en revient à ça ? demanda-t-il.

Il haussa une épaule, et elle n'aurait su dire si c'était un tic ou non. Non, elle savait que cette fois-ci, c'était fait exprès.

— Il ne s'agit que d'une partie de l'année. Ou tu pourrais rester ici toute l'année. Mais tu me manquerais terriblement.

Il lui manquerait aussi. Elle craignait que son cœur ne se brise lorsqu'il repartirait après le Nouvel An.

— Et si je t'achetais une maison en dehors de Londres ? Nous pourrions ainsi nous voir régulièrement et tu n'aurais pas à vivre en ville. Je suis convaincu que nous pourrions trouver une bonne œuvre locale à laquelle tu pourrais consacrer ton temps et ta passion.

Le soleil émergea de derrière un nuage, ses rayons faisant déjà fondre la neige autour d'eux, au moment même où la détermination de Bianca faiblissait soudain. Il était trop parfait. Trop merveilleux. Non, il était simplement Ash.

— Ensemble, nous pourrions choisir une maison et faire en sorte de nous y sentir bien, comme ici, poursuivit-il. Comme à la maison.

Elle savait déjà à quoi ressemblait sa maison. Ash.

— Doux Jésus, qu'êtes-vous en train de faire ?

La voix de Mme Rutledge s'éleva, et un rire nerveux s'ensuivit.

Ash bondit pratiquement de Bianca, se levant rapidement pour l'aider à se mettre debout.

— Rien ! Nous avons glissé.

— Voilà qui explique tout, constata sa mère avec un autre rire gêné. Je crois que vous avez tous les deux besoin d'un bain immédiatement. Même s'il y a du soleil, vous devez être gelés.

— Maintenant que je suis mouillée, oui, admit Bianca.

Alors qu'ils se mettaient en route vers la maison, Mme Rutledge dit :

— J'étais venue vous entretenir de la fête. Je pense que nous devrions demander le soutien de Thornaby et de Keldon.

— Non ! répondirent Bianca et Ash à l'unisson.

Leurs regards se croisèrent dans le dos de la mère d'Ash, qui marchait entre eux.

— Mais pourquoi donc ? Ils seraient plus qu'heureux de

vous aider, et la mère de Keldon est une de mes amies. Elle serait déçue si je ne lui demandais pas.

— Nous n'avons pas besoin de déranger qui que ce soit, dit Ash, dont l'épaule tressaillit. Surprenons tout le monde avec ce que nous allons imaginer !

Bianca hocha la tête avec enthousiasme.

— Exactement. Je suis certaine que Poppy et Gabriel nous aideront. Nous pouvons nous débrouiller entre nous.

Mme Rutledge fronça légèrement les sourcils lorsque le valet de pied ouvrit la porte.

— Si vous le dites…

— Exactement, la rassura Ash.

Sa mère entra la première, suivie de Bianca et d'Ash.

— Ils ont tous les deux besoin d'un bain chaud, annonça Mme Rutledge au majordome qui refermait la porte.

Le domestique acquiesça et s'en alla.

Bianca se rapprocha d'Ash et murmura :

— Dommage que nous ne puissions pas en prendre un ensemble.

Il lui jeta le regard le plus torride qu'elle avait jamais reçu, et la douleur inassouvie qui l'habitait recommença à croître.

— Tu vas complètement me détruire.

Elle entendait à peine sa voix contre son oreille, à cause du martèlement de son pouls.

Aujourd'hui, Bianca avait eu un aperçu de ce que pourrait être leur vie ensemble. La perspective était plus qu'alléchante.

~

S'il y avait jamais eu une journée plus parfaite, Ash n'en avait pas connaissance. Pas dans sa vie. Pas dans la vie de qui que ce soit. Il aurait défié quiconque de surpasser la joie et le plaisir de passer du temps avec Bianca. Et ce, alors qu'elle avait décliné sa demande en mariage.

Oh ! C'était encore douloureux, mais ce soir, il avait une chose qui lui avait manqué la veille : de l'espoir. Elle s'était montrée charmeuse et provocatrice, mais elle avait aussi présenté des excuses. Et elle était probablement rongée par les regrets. En toute sincérité, il ne voulait pas qu'elle se sente mal, mais si ces remords l'amenaient à changer d'avis, il s'estimerait heureux.

Mais la réalité et le cynisme encombraient ses pensées optimistes. S'il espérait la persuader de revenir sur sa décision, il allait bientôt manquer de temps. Demain, elle irait chez sa sœur. La neige avait considérablement fondu cet après-midi-là, mais pas assez vite pour qu'elle rejoigne Darlington Abbey avant le coucher du soleil. Mais elle pourrait s'en aller dans la matinée.

Il avait le choix : il pouvait rester au lit et attendre que quelque chose se passe, ou il pouvait se lever et tenter de réaliser l'avenir qu'il désirait. En d'autres termes, il n'avait absolument pas le choix.

Ash rejeta les couvertures et attrapa son peignoir, qu'il referma sur sa chemise de nuit. Avant de réfléchir à ses intentions, il passa de la chambre à coucher au salon. Une fraction de seconde plus tard, il ouvrit la porte.

Et se figea instantanément.

Bianca se tenait là, dans sa robe de chambre, ses cheveux noirs retombant en une épaisse tresse sur son épaule droite. Ses yeux bleu brillant le scrutèrent avec surprise.

— Je n'ai même pas frappé ! dit-elle.

— J'allais te voir.

— Vraiment ?

Elle semblait légèrement essoufflée.

Il lui saisit le coude et l'attira à l'intérieur, refermant rapidement la porte derrière elle.

— Bee…

Elle posa le doigt sur les lèvres d'Ash.

— Chut. Je suis venue te voir, c'est à moi de parler.

Comme elle touchait sa bouche, il n'était pas certain d'entendre un mot de ce qu'elle lui dirait. Son membre était déjà au garde-à-vous, et son corps vibrait de désir.

Il lui répondit par un hochement de tête.

— Bien, dit-elle.

Elle abaissa sa main, et il résista à l'envie d'attraper le bout de son doigt entre ses dents.

— J'ai changé d'avis. Je vais t'épouser.

La joie explosa dans sa poitrine et il se retint de justesse de pousser un juron. Au pire de sa maladie, cela lui arrivait souvent lorsqu'il était excité. Et comme il s'agissait potentiellement du moment le plus spectaculaire de sa vie, il semblait logique qu'il réagisse de la même manière. Il était heureux de s'être arrêté avant de la faire fuir pour de bon.

La réalité de ce qu'elle venait de lui dire s'imposa à lui.

— Tu le penses vraiment ? murmura-t-il.

La peur l'emportait sur la joie. Que ferait-elle lorsqu'il ne se contrôlerait pas, ce qui arriverait inévitablement ? Lorsque quelque chose lui échapperait, ou qu'il serait pris d'une crise de tics qui attirerait l'attention de tous ?

— Oui.

— Il est possible que *moi*, j'aie changé d'avis.

Des lignes profondes marquèrent son front tandis qu'elle s'approchait de lui jusqu'à ce qu'ils se touchent presque.

— Pourquoi ? lui demanda-t-elle, secouant la tête. Non, peu importe. Tu ne peux pas.

— Si, je peux. Tu ne devrais pas m'épouser. Je suis… brisé.

Il se détourna d'elle, mais il n'alla pas bien loin. Elle se précipita pour lui barrer le chemin.

— Absolument pas ! s'exclama-t-elle, posant les mains sur

les hanches, lui jetant un regard noir. Ne dis jamais cela ! Tu es parfait.

Il éclata de rire. Cette réaction était en partie indépendante de sa volonté, mais elle était également appropriée.

— Je suis tout sauf cela. Je ne veux pas te soumettre à tout ça… à moi.

Elle le parcourut du regard, du sommet de ses cheveux roux jusqu'au bout de ses pieds nus.

— Trop tard. Tu m'as déjà soumise à toi, et je suis plutôt attachée à toi.

La poitrine d'Ash se serra, tandis que son cœur se gonflait.

— Tu as vu… Cela peut être bien pire. Parfois, des choses sortent de ma bouche, des choses que je ne peux pas contrôler.

Les paupières de la jeune femme s'abaissèrent.

— Est-ce tout ?

— Les tics peuvent être… violents. Il m'est arrivé d'effrayer les gens, même si cela se produit moins maintenant.

Elle toucha le visage d'Ash, caressant sa mâchoire rugueuse de sa main douce.

— Comment as-tu pu supporter cela ? Quand je pense à ce que tu as dû endurer à l'école et à Londres, je suis révoltée.

— Londres n'était pas si horrible, mais comme tu le sais, l'école était atroce. Si je n'avais pas obtenu de si bonnes notes, et bénéficié de l'attention du directeur de mon université, je suis certain qu'ils m'auraient renvoyé chez moi.

— Tu as survécu, constata-t-elle en lui caressant la joue. Comme je l'ai déjà dit, tu es un homme extraordinaire. Je serais fière de t'appeler mon mari, si tu me le permets.

La peur d'Ash commençait à refluer, mais il était toujours déconcerté par le revirement de la jeune femme.

— Pourquoi as-tu changé d'avis ?

Elle prit son visage entre ses mains, et le fixa sincèrement dans les yeux.

— *Je* n'ai pas changé. Toi, oui. Tu m'as montré ce à côté de quoi je passerais, ce que je regretterais. Quand tu as dit aujourd'hui que tu ne te marierais pas avant que je l'aie fait, j'ai su que je ne pourrais pas te condamner à une vie de solitude.

Il éclata de rire.

— Alors, tu as eu pitié de moi ?

Elle grimaça et laissa glisser ses mains le long de son cou, jusqu'à ses clavicules.

— Ce n'est pas sorti comme je le voulais. Je ne veux pas que tu sois seul. Plus encore, je ne veux pas que tu sois avec quelqu'un d'autre que moi.

Ash entoura Bianca de ses bras et l'attira contre son torse.

— Tant mieux, parce que je ne veux personne d'autre que toi. Es-tu certaine de pouvoir vivre avec ma maladie ?

— Comme je ne pense pas pouvoir vivre sans toi, je dirais, définitivement, *oui*.

— Bee…

Il abaissa la tête et effleura les lèvres de la jeune femme. Avant qu'il ne puisse lui dire qu'il l'aimait, elle l'embrassa dans un abandon sauvage, sa bouche s'ouvrant sous celle d'Ash.

Le contact de sa langue contre la sienne fut l'étincelle qui embrasa tout son monde. La soulevant, il la porta dans sa chambre et la déposa délicatement sur le lit.

— Voilà qui me semble familier, murmura-t-elle.

— Cette nuit ne se terminera pas de la même manière, lui promit-il en réponse.

Elle tendit la main vers lui tandis qu'il se débarrassait de son peignoir.

— Bien.

Dans un tourbillon de membres, ils se déshabillèrent. Ash

s'interrompit pour admirer la beauté du corps de Bianca. Il courba la tête pour vénérer son sein, prit son mamelon dans sa bouche et le suça jusqu'à ce qu'elle glisse les doigts dans ses cheveux et crie son nom.

Il promena sa main le long de son ventre jusqu'à trouver les boucles qui cachaient son sexe. Elle était déjà chaude et humide pour lui. Au moment où il toucha son clitoris, elle frémit.

— S'il te plaît. Ash.

Il la caressa, accélérant le rythme à mesure qu'elle remuait les hanches de concert avec lui.

— Remplis-moi. Maintenant.

Sa supplique était sombre et désespérée. Elle s'agrippa à ses épaules et se souleva du lit pour répondre à ses caresses.

Il glissa son doigt dans son intimité, la remplissant comme elle le demandait. Elle gémit et il sentit ses muscles internes se contracter autour de lui. Il exerça une pression sur son clitoris et elle bascula, ses jambes tremblant tandis que ses cris s'amplifiaient. Il couvrit sa bouche avec la sienne, aspirant sa passion en lui. Il n'attendit pas qu'elle revienne à elle. Se redressant, il se positionna devant son sexe.

Elle ouvrit les yeux, et le bleu de ses iris était si clair, si vif dans son émerveillement qu'il s'arrêta. Il se pencha en avant et l'embrassa doucement, puis s'introduisit lentement dans son intimité. Elle inspira brusquement et retint son souffle. Elle plissa les yeux, mais ne les ferma pas, tandis qu'il continuait. Lorsqu'il fut complètement enfoui en elle, il fit une pause, attendant qu'elle s'habitue à sa présence.

— Est-ce que tu te sens bien ? s'enquit-il.

Il n'avait jamais fait cela avec une vierge, et il ne voulait pas la faire souffrir inutilement. Elle finit par expirer.

— Je crois que oui. C'est une sensation étrange.

— Mes excuses. D'après ce que je sais, la prochaine fois sera bien meilleure pour toi.

— Heureusement pour moi, j'aurai droit à beaucoup, beaucoup de prochaines fois avec toi.

Une vague d'amour enfla en lui. Puis elle remua légèrement les hanches.

Elle écarquilla brièvement les yeux.

— Je ne voulais pas faire ça ! Je crois que j'ai tressailli.

Elle gloussa.

— Tu veux dire que ma maladie est contagieuse ? demanda-t-il, faussement horrifié.

— Peut-être, et je m'en fiche. C'est qui tu es, et je ne changerais rien chez toi. Ou peut-être une chose, en fait. Je crois que j'aimerais que tu bouges.

— Avec plaisir.

Il se retira et s'enfonça doucement, et recommença jusqu'à ce qu'elle ait le souffle court et que ses yeux se ferment dans ce qui ressemblait à de l'extase. Il saisit la cuisse de Bianca et la remonta jusqu'à sa taille.

— Enroule tes jambes autour de moi, mon amour.

Elle le fit, s'ouvrant à lui pour qu'il s'enfonce plus profondément en elle. Elle gémit doucement.

— Je crois que cette fois, c'est très bien.

Elle resserra les jambes autour de lui, et il perdit toute pensée consciente.

Ils bougèrent ensemble de plus en plus vite ; leurs corps trouvèrent un rythme magique. Il sentit le sang qui affluait dans son sexe, et comprit qu'il était proche. Il glissa une main entre eux pour caresser à nouveau son clitoris, déterminé à lui arracher un nouvel orgasme, ou du moins à essayer de toutes ses forces.

Juste avant qu'il ne jouisse, ses muscles intimes se contractèrent autour de lui. Il cria son nom et s'enfonça profondément, se répandant en elle. Le plaisir l'emporta, le faisant basculer dans une félicité sans pareille.

Quelques instants plus tard, lorsqu'il fut complètement

revenu à lui, il la soulagea de son poids, puis il embrassa sa joue, sa mâchoire, sa bouche. Elle soupira contre lui lorsqu'il quitta son corps. Il voulut s'éloigner, mais elle le retint.

— Je reviens tout de suite, murmura-t-il. Nous devrions nous nettoyer.

Elle ouvrit les yeux et il vit ce qu'il ressentait : une satisfaction profonde. Et, peut-être, de l'amour.

— Je ne veux pas m'en aller, lui dit-elle doucement.

— Alors, ne le fais pas. Nous sommes fiancés.

Ses lèvres se retroussèrent en un sourire.

— Presque mariés. Serai-je vraiment la comtesse de Buckleigh ?

Il acquiesça, tout en songeant à l'étrangeté de la chose.

— J'aurais été tout aussi heureuse en tant que Mme Rutledge, affirma-t-elle avant de bâiller.

Sa déclaration le réchauffa tandis qu'il quittait le lit pour aller chercher un linge. Lorsqu'il revint, elle le prit et se nettoya, puis il la borda avec l'édredon. Le temps qu'il revienne se blottir contre elle, elle était déjà endormie.

Souriant, il posa les lèvres contre la tempe de Bianca, et lui murmura :

— Je t'aime.

CHAPITRE 9

*M*ême si elle était en train de fondre, la neige parsemait encore le paysage tandis qu'ils faisaient route vers Hartwood. Bianca était blottie contre Ash dans sa berline, non seulement pour la chaleur qu'il lui procurait, mais aussi parce qu'elle aimait tout simplement être à ses côtés. Sa femme de chambre et le valet du comte les suivaient dans la berline de Calder. Ash avait décidé d'emmener son domestique au cas où le frère de Bianca lui proposerait de rester. Bianca avait bien l'intention de faire tout ce qui était en son pouvoir pour que cela se produise.

À présent qu'elle avait décidé qu'elle ne pouvait plus vivre sans Ash, elle voulait que leur vie commune débute immédiatement.

— Doit-on faire lire les bans ?

Ils avaient discuté de la date du mariage ce matin-là au petit-déjeuner. Sa mère avait été ravie d'apprendre la nouvelle de leurs fiançailles. Elle avait aussi déclaré n'être pas surprise, au vu de leur comportement de la veille.

Puis elle leur avait dit la plus adorable des choses :

— Ce sera tellement agréable d'avoir à nouveau une fille.

Se retenant de pleurer, Bianca n'avait pas su quoi répondre. Jamais elle n'avait eu de mère.

— Voudrais-tu que j'achète un permis, et que nous nous mariions demain ? lui demanda Ash.

— Serait-ce possible ?

Il éclata de rire.

— Pas demain, mais pourquoi pas ce jeudi ?

— Hum.

Elle se tapota le menton, faisant mine de réfléchir. Laissant retomber sa main sur ses genoux, elle sourit à Ash.

— Par chance, je suis libre ce jour-là.

— Magnifique !

Il l'embrassa, comme il l'avait fait une douzaine de fois depuis le début du voyage. Malheureusement, ils étaient sur le point d'arriver à Hartwood, sinon elle aurait pu tenter de l'inciter à faire plus que l'embrasser…

Le véhicule s'arrêta en grondant, et Bianca laissa échapper un soupir résigné.

— Je m'excuse dès à présent pour le comportement de mon frère.

Elle craignait un peu qu'il ne dise quelque chose à propos des combats d'Ash, mais se dit que cela n'avait aucune importance.

Lorsqu'ils sortirent de la berline, elle prit le bras d'Ash et lui adressa un sourire encourageant, qui valait autant pour lui que pour elle. Ils s'avancèrent vers la maison, et Truro, le majordome, ouvrit la porte pour les accueillir.

— Bienvenue à la maison, Lady Bianca.

— Merci, Truro. Voici le comte de Buckleigh, mon fiancé.

Le dire à voix haute déclencha une vague de joie et d'excitation. Elle avait envie de le crier du haut de la tourelle située dans le coin nord-ouest pour que tout Hartwood et les habitants de Hartwell l'entendent.

Truro était sans doute le majordome le plus imperturbable de toute l'histoire des majordomes. Il ne manifesta pas la moindre surprise ni la moindre émotion. Il inclina la tête et lui dit :

— Puis-je vous présenter mes plus sincères félicitations ?

Elle lui jeta un regard radieux, et vit enfin l'esquisse d'un sourire.

— Merci. Pourriez-vous demander à mon frère de nous rejoindre dans le salon ?

— Certainement.

Il prit sa cape et ses autres accessoires, tandis qu'un valet de pied récupérait les affaires d'Ash.

Bianca glissa à nouveau sa main sous le bras du comte, et le conduisit à travers le hall d'entrée, puis le hall intérieur, et directement dans le salon.

— Mon frère sera ravi de se débarrasser de moi.

— Tu crois ? s'enquit Ash.

— Je le sais. Il n'arrête pas de ruminer sur le fait que je dois avoir une saison, et maintenant, aucun de nous n'a plus à s'en préoccuper.

Ils se trouvaient au milieu du salon, et Ash se tourna vers Bianca.

— Viendras-tu à Londres avec moi ?

Ils n'avaient pas eu l'occasion d'en discuter dans la berline.

Bianca détestait la perspective de quitter sa maison, mais elle détestait encore plus l'idée de ne pas être avec lui.

— Oui. À présent, ma maison, c'est partout où nous serons ensemble.

Avec un sourire, il se pencha pour l'embrasser à nouveau, mais l'arrivée de Calder les interrompit.

— Que diable se passe-t-il ? lança-t-il d'une voix furieuse qui résonna dans la pièce.

Jamais il n'avait manifesté une telle émotion depuis son retour à Hartwood.

— Truro a parlé de Buckleigh comme de ton fiancé.

Il jeta un regard noir à Ash.

— Tu dois vraiment travailler la politesse, dit Bianca avec impatience. C'est un plaisir de te voir, Calder. Permets-moi de te présenter mon *fiancé*, le comte de Buckleigh.

— Je sais parfaitement qui il est ! grogna Calder. Et il n'est pas ton fiancé. Je ne t'ai pas donné la permission de te marier. Mais ce n'est pas la question pour l'instant. Comment se fait-il que tu sois allée chez Poppy, et que tu rentres avec lui ?

Bianca sentit Ash se raidir, puis il fut pris d'un tremblement.

— Je ne suis pas allée chez Poppy. J'ai été piégée par…

La fureur embrasa les yeux de Calder.

— Tu n'es pas allée à Darlington Abbey ? Tu m'as menti ?

— J'ai fait un détour. Je voulais discuter avec Ash de l'endroit où organiser la fête de la Saint-Étienne, dit-elle avant de renifler et relever le menton. Nous avons résolu le problème, je te remercie. Ou pas, en réalité, puisque c'est à cause de toi que nous avons dû trouver un autre endroit.

— Je me fiche de cette maudite fête ! s'exclama-t-il, mâchoire serrée en fusillant Ash du regard. Et il n'y aura pas de mariage.

— Il y en aura un.

Elle s'accrocha au bras d'Ash et essaya de l'imprégner de tout son soutien et son amour. *Son amour ? Oh oui !*

Ash tressaillit plusieurs fois de suite, puis il toussa et s'éclaircit la gorge.

Les lèvres de Calder se retroussèrent.

— Il n'y en aura *pas*. Je ne t'autoriserai pas à épouser Buckleigh. Il est trop instable. Regarde-le ! C'est comme s'il ne pouvait pas se contrôler.

— Ferme-la !

Ash s'éloigna de Bianca, et, pendant un bref instant, elle

craignit qu'il ne s'en prenne physiquement à Calder. Ce que ce dernier méritait amplement.

— Je souffre d'une maladie, et parfois, surtout lorsqu'on me provoque, je n'arrive pas à la contrôler.

Sa poitrine se soulevait et s'abaissait rapidement tandis qu'il luttait pour reprendre le contrôle de lui-même.

Bianca lui toucha le bras, les yeux rivés sur son frère.

— J'épouserai qui je veux. Je suis majeure.

Les yeux de Calder se plissèrent avec méfiance lorsqu'il regarda Ash. Il reporta ensuite son attention sur Bianca.

— Bien que cela soit vrai, je contrôle ton héritage jusqu'à ce que tu aies vingt-cinq ans. Si je n'approuve pas ton mari, tu ne recevras pas l'argent.

Elle en resta bouche bée, totalement indignée.

— Tu garderais ce que papa a voulu me transmettre ?

Pourquoi son père avait-il organisé les choses de cette manière ? Parce qu'il avait cru que Calder n'était pas un monstre sans cœur.

— Il m'en a confié la gestion, et ta tutelle, pour une bonne raison. Je serais négligent si je ne faisais pas mon devoir.

Bianca leva les mains.

— Oh, toi et ton devoir ! Oublie la famille, la loyauté, ou l'amour !

Elle lui jeta un regard meurtrier, et s'abandonna totalement à la colère et à la déception qu'elle ressentait envers lui.

— J'ignore qui tu es, mais tu n'es pas mon frère. Je n'ai ni besoin ni envie de ton approbation. Garde mon héritage. Apparemment, l'argent est la seule chose qui te préoccupe désormais. J'espère qu'il te rendra heureux.

Calder fronça profondément les sourcils.

— Tu commets une erreur en l'épousant.

— Ce n'est pas moi qui regretterai ce jour, Calder. Je vais rester chez Poppy jusqu'à notre mariage, jeudi. Si tu ne peux pas au moins te montrer poli avec l'homme que j'aime, je te demande de rester à l'écart. À l'écart du mariage, de nous, et de la fête de la Saint-Étienne.

Calder souffla, exaspéré.

— Je t'ai dit que je n'étais pas intéressé…

Elle leva une main.

— Ne te donne pas cette peine. Nous partons maintenant. Tu pourras enfin être seul. C'est ce que tu veux, il me semble.

Bianca prit la main d'Ash et l'entraîna hors du salon jusqu'à l'escalier principal en passant par le hall intérieur.

— Je dois demander à Donnelly d'emballer mes affaires le plus rapidement possible, lui dit-elle en commençant à monter les escaliers.

— T'ai-je bien entendue ? l'interrogea-t-il, tirant sur sa main alors qu'ils atteignaient le palier.

Elle se tourna vers lui, l'esprit en ébullition à cause de sa colère et de sa frustration.

— Quoi ?

— T'ai-je entendu dire que je suis l'homme que tu aimes ?

Toutes les émotions négatives qui faisaient rage en elle s'évanouirent. Elle baissa les yeux au sol, se sentant soudain un peu timide.

— Oui.

Posant un doigt sous son menton, il le souleva.

— Et c'est ce moment, parmi tous, que tu choisis pour devenir timide, dit-il avec un petit rire, avant de poser la main sur la joue de la jeune femme. Je t'aime, Bianca, et je suis fou de joie que tu m'aimes en retour.

— Évidemment que je t'aime. Mais je suis navrée que mon frère ait gâché notre bonheur, expliqua-t-elle. Non. Il a essayé de le gâcher. Et il a échoué.

— Cependant, il est parvenu à te confisquer ton héritage.

Les muscles du cou d'Ash se contractèrent. Puis il toussa, et sa tête pencha sur le côté.

— Je suis désolé que cela en soit arrivé là.

— Pas moi. Cela n'a aucune importance, du moment que nous sommes ensemble.

Ash l'attira contre son torse.

— Je suis l'homme le plus chanceux du monde.

Elle passa les bras autour du cou de son fiancé.

— Alors je suis la femme la plus chanceuse.

Elle se hissa sur la pointe des pieds pour l'embrasser, mais le contact fut bref. Elle voulait quitter l'orbite toxique de Calder au plus vite.

L'entraînant vers le haut de l'escalier, elle lui dit :

— Viens, dépêchons-nous. Je veux visiter Shield's End avant d'aller à Darlington Abbey.

Elle s'arrêta juste avant d'atteindre le premier étage et leva les yeux vers lui.

— À bien y réfléchir, peut-être devrais-je simplement retourner à Buck Manor, lui dit-elle, plissant les yeux de manière suggestive.

Il laissa échapper un doux grognement.

— Vous êtes incroyablement diabolique, my lady.

— Je ne suis pas encore ta lady, le taquina-t-elle.

Il la tira à son tour jusqu'à la marche du haut, puis la prit une fois encore dans ses bras.

— Oh, que si ! Tu es à moi. Pour toujours.

❧

Tout en aidant Bianca à monter dans sa berline, Ash jeta un dernier regard déçu sur l'imposant manoir de Hartwood, se demandant s'ils y reviendraient un jour. Le restant des affaires de la jeune femme serait envoyé à Buck Manor ; il n'était donc pas vraiment nécessaire qu'elle revienne. Pas avant que son frère ne lui présente des excuses.

S'il le faisait. Pour l'instant, Ash n'imaginait pas une telle chose se produire.

Ils prirent place dans le véhicule et se dirigèrent vers la ville où ils s'arrêteraient à Shield's End. Ils devaient s'entretenir avec le gardien au sujet de la fête de la Saint-Étienne. Tucket entretenait la propriété depuis bien avant la naissance d'Ash, et bien qu'il soit maintenant presque sourd et moins vif qu'avant, ils n'avaient pas l'intention de le remplacer. Son fils était ébéniste dans le village et il prenait régulièrement de ses nouvelles.

— Nous devrions également nous arrêter pour discuter avec Alfie Tucket en ville, suggéra Ash, se disant qu'il devrait être mis au courant de la fête en même temps que son père.

— Oh, oui ! Il le faut, répondit Bianca qui secoua la tête. Je crains de ne pas avoir les idées très claires.

Ash lui prit la main, la serrant pour la réconforter.

— C'est normal. Laisse-moi me charger de réfléchir aujourd'hui.

Le sourire qu'elle lui adressa en retour reflétait sa gratitude.

— Merci. Je suis toujours désolée au sujet de Calder.

— Tu n'as pas à t'excuser. Il changera d'avis… ou non. Dans tous les cas, nous allons vivre notre vie.

Ash s'éclaircit la gorge, le cou parcouru d'un tremblement.

Toujours déterminée, Bianca pinça les lèvres.

— Si, il changera d'avis.

Elle tourna la tête pour regarder par la vitre, et hoqueta presque immédiatement.

Ash baissa la tête à son tour pour essayer d'apercevoir ce qu'elle voyait.

— Qu'est-ce qui ne va pas ?

— Il y a de la fumée !

Se penchant vers l'avant, Ash étira le cou et aperçut un panache de fumée qui s'élevait dans le ciel gris. Il fronça les sourcils en visualisant une carte de la ville dans son esprit.

Un malaise l'envahit, en même temps qu'un frisson secouait ses épaules. Ce ne pouvait pas être...

Bianca se tourna vers lui, les yeux écarquillés.

— Ce n'est pas Shield's End, n'est-ce pas ?

Une vague de peur assaillit Ash et il eut l'impression que son estomac tombait directement dans le fond du carrosse.

— Je crains bien que si.

Au cours des minutes qui suivirent, son angoisse ne fit que s'accroître. Bianca serra sa main de plus en plus fort lorsqu'il devint évident que la fumée provenait bel et bien de Shield's End.

La berline s'arrêta au bout de l'allée, et Ash n'attendit pas que le valet de pied ouvre la porte. Il sortit en trombe et hoqueta d'angoisse devant la fumée qui s'échappait de la maison de son enfance.

— Ash !

Il se retourna pour aider Bianca à descendre. Le visage de la jeune femme reflétait la douleur qu'il ressentait.

— Vas-y, l'encouragea-t-elle en le poussant vers la maison. Je vais envoyer le cocher chercher de l'aide.

— Reste en arrière, lui dit-il avant de la laisser partir, tandis que lui se précipitait dans l'allée menant à la maison.

Le feu n'avait pas consumé la structure, mais Ash voyait les flammes sortir du côté du rez-de-chaussée. Il espérait que Tucket n'était pas à l'intérieur. Il vivait dans une petite maison à côté de l'écurie. Ash s'y précipita, dans l'espoir de le trouver. Comme il n'était pas là, une peur glaciale s'insinua au cœur de la poitrine du comte.

Courant vers l'arrière de la maison, il s'arrêta en apercevant deux hommes debout dans la cour, qui fixaient le bâtiment en flammes. Lorsqu'il s'approcha, il vit de qui il s'agissait, et sa peur se mua en rage.

— Moreley ! Keldon ! Que diable faites-vous ici ? tonna-t-il, serrant les poings.

Surpris, ils se tournèrent.

— Rougeaud ! s'exclama Moreley, passant une main sur sa bouche. Euh…

— Il y a eu un accident, se justifia rapidement Keldon. Thornaby est à l'intérieur.

— Où est mon gardien ?

Les deux hommes blêmirent, et Keldon lui répondit :

— Il y a un gardien ?

Ash jura violemment tandis qu'une série de tremblements et de tics parcouraient son corps.

— Bianca a envoyé ma berline chercher de l'aide. Rendez-vous utiles et allez au moins chercher de l'eau au puits, par pitié !

Passant devant eux, il fonça dans la maison, et fut instan-tanément envahi par un mur de fumée. Il toussa et plaqua une main sur sa bouche. Dénouant son foulard, il le tira de son cou pour se façonner une sorte de masque qu'il plaça sur sa bouche et son nez.

Clignant des yeux, il tenta d'évaluer la situation. Il avait besoin de savoir où se trouvait le feu, et où il se propageait. Dans le même temps, il appela le gardien.

— Tucket !

Il le répéta en s'avançant plus loin dans la maison, de plus en plus désespéré.

Comment Tucket allait-il pouvoir l'entendre ?

Convaincu d'avoir cherché partout où il pouvait en bas, loin des flammes, il se dirigea vers l'escalier. S'il montait, il risquait d'être piégé. Mais s'il ne montait pas et que Tucket était là-haut… Sans parler de Thornaby. Même si Ash mépri-sait cet homme, il n'allait pas le laisser mourir.

Il commença à gravir les escaliers, et faillit trébucher en entendant le bêlement d'une chèvre. Une *chèvre* ?

Oui, une chèvre, tirée par Tucket. Ash grimpa l'escalier à toute allure.

— Dieu merci, Tucket ! hurla-t-il, espérant que l'homme l'entende. Descendez ! Je vais m'occuper de la chèvre !

Tucket se renfrogna et tira sur la laisse de l'animal.

— Elle est têtue !

Ash souleva la bête, et en fut récompensé par plusieurs bêlements sonores.

— Allez-y ! cria-t-il à Tucket.

Le gardien agrippa la rambarde et commença à descendre. Ash fit de même de l'autre côté de l'escalier, et atteignit le bas en premier. Il attendit pour s'assurer que Tucket arrivait à bon port. La chèvre, elle, n'appréciait pas leur proximité avec le feu, tandis que les flammes parcouraient la pièce adjacente au hall. L'animal tenta désespérément de se libérer en sautant, et de détruire l'ouïe d'Ash au passage.

Il le serra plus fermement dans ses bras et se hâta de quitter la maison pour se rendre directement dans la cour. Il déposa rapidement l'animal sur l'herbe, puis retira son masque pour prendre plusieurs bouffées d'air. Tucket sortit de la maison en titubant et Ash se précipita pour l'aider.

— Asseyez-vous, lui intima le comte, l'éloignant du bâtiment. Reprenez votre souffle.

Il parlait haut et fort et fut ravi de voir que Tucket hochait la tête en guise de réponse.

Ash regarda la maison, tout en installant le gardien sur l'herbe. Pourquoi Thornaby était-il encore à l'intérieur ?

— Il y a une autre chèvre à l'étage, dit Tucket entre deux respirations profondes. Et un gentleman élégant. Il essayait de faire descendre la bête, mais elle était encore plus têtue que celle-ci.

Tucket jeta un regard noir à l'animal qui broutait à présent.

Une autre chèvre ? Pourquoi y avait-il des chèvres dans sa maison ? Ash jura bruyamment, c'était plus fort que lui, et retourna dans le bâtiment. Et où étaient Keldon et Moreley avec l'eau ?

Le deuxième passage du jeune homme à l'intérieur fut bien pire que le premier. Il fixa le masque sur son visage, mais la fumée était épaisse et âcre. Il courut vers l'escalier et constata que le feu se rapprochait. L'autre escalier se trouvait du côté où le feu faisait rage ; c'était donc leur seul moyen de sortir, à moins de sauter par une fenêtre.

Poussé par le désespoir, Ash s'élança vers l'étage.

— Thornaby !

Il cria son nom plusieurs fois, et seul le bêlement lointain d'une chèvre lui répondit. Suivant le son, il trouva l'homme et l'animal dans la chambre qui avait été celle de ses parents. La pièce était pleine de fumée. Thornaby se tenait près du lit, plié en deux, et il toussait.

Ash attrapa la chèvre et se rapprocha de Thornaby.

— Allons-y. J'ai l'animal.

Thornaby releva la tête ; ses yeux étaient cernés de rouge. Il voulut parler entre deux quintes de toux, mais Ash ne comprenait pas ce qu'il essayait de dire.

— Vas-y ! lui ordonna-t-il en tirant sur son biceps.

Thornaby trébucha, mais se mit en marche vers la porte. Ash souleva l'animal et le hissa sur son épaule ; il protesta, agita les pattes, et fit un vacarme épouvantable.

Le comte alla aussi vite qu'il le pouvait. Entre la fumée et le poids, il commençait à faiblir. En haut de l'escalier, il se tourna et constata que Thornaby le suivait, mais très lentement.

— Allez, Thornaby ! Tu dois avancer plus vite ! Le feu se propage !

Ash se rua au rez-de-chaussée, où la chèvre se remit à se débattre, lui envoyant un méchant coup de sabot dans le dos. Son corps tressaillit, et il faillit laisser tomber la stupide bête.

Se frayant un chemin jusqu'à l'extérieur, il la déposa aussi vite que possible. L'animal se précipita vers son camarade, qui ne leva même pas le nez de son repas d'herbe.

Keldon et Moreley étaient de retour, et restaient plantés là avec deux seaux d'eau.

— Qu'est-ce que vous faites ? leur cria-t-il. Jetez-les sur ce maudit feu !

— Où est Thornaby ? s'enquit Moreley, dont le visage était d'une pâleur fantomatique.

Ash se retourna et ne vit pas le vicomte.

— Oh, mais merde !

Laissant échapper une série de jurons, il repartit vers la maison et entra sans réfléchir.

Il était impossible de voir à travers la fumée. Ash se baissa vers là où la visibilité était meilleure.

Le feu est maintenant dans le hall, et là, allongé au pied de l'escalier, se trouvait un Thornaby inconscient. Ash jura à nouveau, puis se pencha pour ramasser l'homme. En grognant, Ash le souleva sur son épaule comme il l'avait fait avec la chèvre. Il espérait pouvoir sortir. Il commençait à avoir le tournis, et il avait l'impression de ne plus pouvoir respirer.

En titubant, il se dirigea lentement vers l'extérieur. La chaleur et la fumée l'enveloppèrent, et dès qu'il émergea, il tombe à genoux. Thornaby se détacha de son épaule.

Ash avait vaguement conscience de voix et d'être traîné dans l'herbe. Quelqu'un retira le masque de son visage et de l'air doux se répandit dans ses poumons. Un beau visage flottait au-dessus de lui, une auréole entourant ses cheveux noirs.

— Suis-je mort ?

Était-ce sorti de sa bouche ?

Ce fut la dernière chose dont il se souvint avant que les ténèbres ne l'envahissent.

CHAPITRE 10

— *A*sh, réveille-toi, s'il te plaît, supplia Bianca, essayant de ne pas paniquer complètement.

Il respirait, même si son visage était couleur de cendre.

Elle était consciente des autres qui se rassemblaient autour d'eux, tout comme elle avait vaguement remarqué le groupe de villageois qui s'était précipité pour les aider. Ils s'efforçaient d'éteindre le feu, mais Bianca n'y prêtait pas attention.

Tout son univers était soudain centré sur l'homme gisant dans l'herbe, les yeux fermés, ses cils roux foncé immobiles. Même s'il n'en avait pas envie, elle murmura :

— Tremble, tressaille, fais *quelque chose*. N'importe quoi !

Sa voix se brisa.

Enfin, son front se plissa, et ses paupières s'agitèrent. Puis Ash leva sur elle ses yeux bruns qu'elle aimait tant.

— Bee, croassa-t-il doucement.

C'était le son le plus doux qu'elle avait jamais entendu.

— Oh, Ash !

Des larmes roulèrent sur les joues de Bianca alors qu'elle

se penchait pour l'embrasser, sur le front, la joue, la bouche. La joie l'envahit, chassant sa peur.

Au bout d'un long moment, elle se rassit. Quelqu'un lui tendit un linge humide, avec lequel elle nettoya la suie sur le visage de son fiancé.

— Pourquoi y avait-il des chèvres dans ma maison ? demanda-t-il.

Il détourna son regard d'elle et plissa les yeux vers les gens qui les entouraient.

— J'aimerais savoir ce que Thornaby et ses amis font ici, dit Bianca, qui tourna la tête pour fixer Moreley et Keldon, debout près des pieds d'Ash.

— Nous devrions aller le voir, dit le premier, dont le visage virait au pourpre.

Il fit volte-face et s'éloigna. Keldon eut un instant d'hésitation, puis il le suivit.

— Où est Thornaby ? s'enquit Ash.

Bianca le pointa du doigt à quelques mètres.

— Juste là. On dirait qu'il est toujours inconscient.

Le comte leva les yeux vers elle.

— Tucket ?

— Il est là, répondit-elle en touchant la jambe du gardien.

Le vieil homme, qui s'était tenu à côté d'elle, s'agenouilla.

— My lord, vous êtes le héros du jour.

Ash ne réagit pas à ses mots, mais lui demanda :

— Que s'est-il passé ?

— Je ne sais pas exactement comment le feu a pris, répondit Tucket. J'ai senti de la fumée, et j'ai vu que la maison brûlait. Lorsque je me suis rapproché pour enquêter, l'un de ces gentlemen, dit-il en pointant son pouce vers Thornaby, Moreley et Keldon en ricanant, s'est enfui de la maison comme s'il avait le feu aux fesses. Ce n'était pas le cas.

— Parlez-moi des chèvres, râla Ash.

— Le gentleman qui est sorti en courant... c'était le

chauve, j'en suis sûr, parce que son chapeau est tombé... Il a dit qu'il y avait des chèvres dans la maison et qu'elles avaient démarré le feu. Il a aussi dit que ses amis étaient à l'intérieur et qu'ils essayaient de faire sortir les animaux.

Tucket renifla, puis il passa une main sous son nez.

— Ils m'ont paru bien idiots, alors j'ai couru à l'intérieur pour sauver les animaux moi-même. Mais, bon sang, ces chèvres sont les plus têtues qu'il m'ait été donné de voir ! Et je ne suis plus aussi jeune qu'avant, ajouta-t-il avec un regard noir en direction des bêtes.

— Vous avez fait ce que vous pouviez, le rassura Ash. Comment ces chèvres ont-elles pu déclencher le feu ?

— L'une d'elles a renversé une lanterne.

Bianca tourna la tête vers le trio de brutes, et vit que Thornaby était à présent assis.

— Nous n'avons rien remarqué avant que la pièce ne soit déjà en flammes ; nous étions occupés avec l'autre chèvre, expliqua Thornaby avec une grimace.

Ash lutta pour s'asseoir à son tour, et Bianca l'aida.

— Pourquoi y avait-il des chèvres dans ma maison ?

Thornaby commença à lui répondre.

— C'était...

Keldon lui coupa la parole.

— Thorn !

Jetant un regard furieux à Keldon, il poursuivit.

— C'était une farce. Comme celle que nous t'avions faite à Oxford.

Bianca sentit la tension d'Ash et les secousses qui ébranlaient son corps, lui faisant pencher la tête d'un côté et de l'autre. Elle passa un bras autour de ses épaules et tenta de le soutenir.

— Quand tu as introduit une chèvre dans ma chambre, répondit Ash d'un ton plat, elle a tout détruit.

Le visage de Thornaby était écarlate, mais sa voix ne faiblit pas, il parla haut et fort.

— C'était notre but. Nous avons appris que tu voulais organiser la fête de la Saint-Étienne ici.

— Pourquoi voudriez-vous gâcher cet événement ? s'enquit Bianca alors que la colère l'envahissait.

— Ce n'était pas tant pour gâcher la fête que pour causer des ennuis à Roug… à Buckleigh, déclara Thornaby, la tête baissée.

Bianca espérait que c'était par honte.

Ash s'éclaircit la gorge.

— Comment as-tu entendu parler de la fête ?

— Ta mère m'a envoyé un mot pour me demander si je pouvais t'aider.

Bianca et son fiancé échangèrent un regard. Pourquoi avait-elle envoyé une lettre après leur refus ? Était-il possible qu'elle l'ait fait avant de leur demander ?

— Elle n'aurait pas dû, répondit Ash d'un ton froid. Nous ne voulons pas de ton aide.

— Je ne peux pas t'en vouloir, dit Thornaby, qui semblait éprouver des remords. Je ne voudrais pas non plus de mon aide. Nous n'avons jamais eu l'intention de provoquer un incendie.

— Ce n'est pas notre faute ! s'écria Moreley.

Thornaby le fusilla du regard.

— Bien sûr que si ! Nous avons apporté ces maudites chèvres ! Ne t'es-tu pas suffisamment comporté comme un lâche aujourd'hui ? Assume ce que nous avons fait ! lui intima Thornaby, qui se tourna ensuite vers Keldon. Toi aussi. Je n'arrive pas à croire que vous m'ayez abandonné tous les deux.

Il fit ensuite un geste en direction de Tucket.

— Ce vieil homme a plus de courage que vous deux réunis.

— Vous devez des excuses à Ash, leur ordonna Bianca.

— Ils lui doivent un dédommagement, intervint Tucket. La maison va devoir être reconstruite.

C'était vrai. En dépit des efforts des villageois pour acheminer l'eau du puits jusqu'à la maison, ils ne pouvaient pas lutter contre les flammes.

Thornaby se mit debout avec difficulté, et Keldon et Moreley l'aidèrent. Il s'avança vers Ash, qui s'était également relevé avec l'aide de Bianca et de Tucket.

— Il n'y a pas de mots pour dire à quel point je suis désolé pour ta maison, dit Thornaby. À quel point nous sommes tous désolés, ajouta-t-il en montrant les hommes qui l'encadraient.

— Je veux les entendre le dire, insista Bianca. Et vous allez vous excuser pour tout. Pour le concours de tir, et tout ce que vous avez fait, ou même envisagé de faire à Oxford. Vous me rendez tous malade !

Aucun d'entre eux n'avait le courage de la regarder ; tous baissaient les yeux vers le sol.

Au bout d'un moment, Thornaby releva les yeux vers Ash.

— Nous t'avons traité de manière horrible, depuis Oxford jusqu'à aujourd'hui. Mais c'est terminé. Je te dois la vie.

— Effectivement ! cracha Bianca, se disant qu'il ne méritait pas d'avoir été secouru par Ash.

Celui-ci lui toucha le bras, et elle leva les yeux vers lui. Elle constata qu'il ne semblait pas aussi furieux qu'elle, du moins, plus maintenant.

— Je suis désolé aussi, dit Keldon. Sincèrement. Nous voulions juste provoquer des dégâts, rien de grave. Lorsque tu as quitté la partie de campagne l'autre jour, plusieurs invités étaient contrariés. Ils pensaient que nous t'avions poussé à partir.

— C'est ce que vous avez fait ! gronda Bianca.

Thornaby acquiesça.

— J'étais furieux que les gens prennent le parti de Buckleigh

— Il n'y a pas de parti, dit Ash d'un ton tranquille. C'est le fruit de ton imagination.

— Oui.

Thornaby paraissait totalement abattu, et Bianca avait envie de danser de joie.

— Moreley ? insista Bianca. Il me semble que c'est votre tour.

— Je, euh… Je suis désolé. Pour tout. Nous ne t'ennuierons plus.

— Sauf pour reconstruire sa maison et financer sa fête de la Saint-Étienne, déclara Thornaby, les yeux brillants de détermination.

Bianca les fixa tous d'un regard noir.

— Seulement, nous n'avons pas d'endroit pour l'organiser maintenant.

— Vous pouvez utiliser Thornhill, suggéra Thornaby.

— Je ne préfère pas, dit Bianca froidement.

Ash secoua la tête et toussa.

— C'est trop loin. Je l'organiserais bien à Buck Manor, mais c'est aussi trop loin.

— C'est dommage que votre frère ne veuille pas être hôte, insista Keldon.

Oui, c'était dommage. La colère de Bianca contre son frère se réveilla.

— Ce n'est pas une option.

— Thornhill est-il vraiment trop loin ? s'enquit Thornaby. Ce n'est qu'à huit kilomètres. Nous pouvons transporter les gens, et tous ceux qui auront besoin d'y passer la nuit pourront le faire. Nous ferons en sorte que cela fonctionne. Dites-moi juste ce que nous devons faire.

— Vous laisserez ma femme et ma mère s'occuper de tout,

et je dis bien de *tout*. Vous obéirez à leurs ordres, vous ne vous plaindrez pas et ne vous rebellerez pas.

Thornaby acquiesça, puis cilla, penchant la tête sur le côté.

— Ta femme ?

Ash passa le bras autour de la taille de Bianca, et elle se colla contre lui, savourant sa chaleur et la joie d'être en vie… avec lui.

— Bianca. Nous nous marions la semaine prochaine. Pardonne-nous de ne pas t'inviter au petit-déjeuner, ajouta-t-il avec une légère pointe de sarcasme.

— Je vous adresse à tous deux de chaleureuses et sincères félicitations, déclara Thornaby qui tenta de sourire avant d'y renoncer. Je ne m'attends pas à être invité.

— C'est réglé, alors.

Ash souffla, et son épaule se contracta contre Bianca.

— Viens, allons à la berline, suggéra-t-elle. Je veux te ramener à la maison pour que tu puisses te reposer.

— Je ne vais pas quitter la maison. Pas avant que le feu ne soit éteint, ajouta-t-il en observant le bâtiment en feu.

Elle sentit son corps se raidir.

— Ma mère va être dévastée.

Bianca coula un regard en coin vers le trio de mécréants. Tous trois baissèrent la tête, honteux.

Ash embrassa Bianca sur la tempe.

— Je vais bien maintenant, mon amour. Laisse-moi les aider à éteindre les flammes.

— Je vais aider aussi, affirma-t-elle.

— Nous aussi.

Keldon se dirigea vers la chaîne où passaient les seaux d'eau, rapidement rejoint par Moreley et Thornaby.

Bianca passa les bras autour de la taille d'Ash et le serra fort.

— Je suis juste heureuse que tu sois sain et sauf. Quand je pense à ce qui aurait pu se passer…

— Chut, mon amour, lui dit-il en effleurant sa joue de ses lèvres. Je suis ici avec toi, et je prévois d'y rester pour un très, très long moment.

Elle leva sur lui un regard plein d'amour et d'admiration.

— Pour toujours, j'espère.

Ses lèvres formèrent un sourire heureux.

— Pour toujours.

CHAPITRE 11

L'aube du jour du mariage de Bianca et Ash était froide et grise. Il aurait aimé avoir de la neige, mais il voulait aussi pouvoir se rendre de Buck Manor à l'église de Hartwell, puis rentrer au manoir pour le petit-déjeuner de mariage sans incident.

Ce fut donc avec une grande joie que Bianca et lui sortirent de la berline devant la maison et qu'ils virent des flocons de neige tomber sur eux.

Riant, la jeune femme leva les yeux vers le ciel.

— Quel cadeau parfait pour le jour de notre mariage !

Ash lui sourit.

— J'ai tout arrangé !

Elle lui jeta un regard incrédule avant d'éclater de rire à nouveau.

— Cela ne m'étonnerait pas de toi, en réalité. Tu t'es comporté en héros pour tout le monde, alors pourquoi pas pour moi ?

Il passa les bras autour de sa taille et la ramena contre lui pour pouvoir l'embrasser. Le contact fut bref, mais incroyablement enivrant.

— Il n'y a que pour toi que je veux être un héros.

— Ils sont là ! s'écria la marquise de Darlington depuis l'embrasure de la porte.

Elle avait quitté l'église avec son mari et la mère d'Ash dès la fin de la cérémonie, pour pouvoir superviser les préparatifs du petit-déjeuner de mariage.

La visite du comte et de la comtesse au vicaire avait duré un certain temps, principalement pour discuter des plans de reconstruction de sa maison. Tout le village était impatient de voir sa propriété rénovée.

Et personne n'était plus impatient que Thornaby.

Ash guida sa femme dans sa maison... non, dans leur maison, où une rangée d'invités les attendaient dans le hall. Thornaby se trouvait parmi eux, et Moreley et Keldon étaient également présents. Bianca n'avait voulu inclure aucun d'entre eux, mais son futur époux l'avait convaincue qu'il était temps de réellement tirer un trait sur le passé. Il espérait simplement qu'eux aussi étaient engagés dans cette voie, comme ils le prétendaient.

Bianca et lui passèrent la demi-heure suivante à saluer les invités. S'ensuivit un joyeux petit-déjeuner de mariage dans la salle à manger. Ils se retirèrent ensuite au salon, où ils burent du champagne. Ash observa avec fierté et amour sa comtesse qui riait et parlait avec toutes les personnes présentes. Elle ne rit peut-être pas avec Thornaby et les autres, mais elle se montra polie, et ils ne tarissaient pas d'éloges et de gentillesse.

— Tu es un homme chanceux, Buckleigh, déclara Thornaby en arrivant derrière lui, poussant Ash à se retourner.

— Merci. Tu as raison, répondit-il.

Si Ash appréciait le revirement de l'homme, il le rendait aussi incroyablement perplexe.

— J'espère que tu me pardonneras cette question, mais après tant d'années passées à me torturer, je me demande ce qui t'a poussé à un tel changement dans ton comportement.

— Je te pardonnerais n'importe quoi, lui dit Thornaby avec sérieux. Et je le pense. Tu m'as sauvé la vie. Le fait de frôler la mort vous éclaircit les idées. Ma vie a pris un certain relief, que je n'avais jamais vu auparavant.

Il contempla le sol, puis but une gorgée de champagne. Lorsqu'il releva les yeux, il y avait dans son regard un poids qu'Ash n'avait jamais remarqué.

— J'ai toujours eu le sentiment de ne pas être à la hauteur, avoua Thornaby. Tu l'ignorais, mais j'avais des difficultés à Oxford. J'avais énormément de mal à lire. Les mots et les lettres… et même les chiffres… Tout se mélangeait devant mes yeux.

— Je n'étais pas au courant. Tu t'es toujours comporté comme si tu savais tout et que tu excellais dans tous les domaines, constata Ash avec une ironie qu'il ne chercha pas à dissimuler.

La bouche de Thornaby esquissa un petit sourire.

— C'est terrible à dire, mais je comprenais tes… défis.

Comme déclenché par la mention de sa maladie par Thornaby, un frisson parcourut les épaules d'Ash, qui pencha la tête sur le côté.

— En quoi est-ce si terrible ?

— Parce que c'est à cause d'eux que je me suis mal comporté avec toi, répondit l'autre homme en grimaçant. En exploitant tes faiblesses, je vivais mieux les miennes. Si ce n'est pas odieux, je ne vois pas ce qui pourrait l'être. Que tu puisses me pardonner pour la façon dont je t'ai traité, et surtout pour avoir causé l'incendie de ta maison…

Ash vit les larmes dans les yeux de son ancien camarade, même s'il les chassa rapidement.

— Je te pardonne. Car à quoi bon continuer à être rancunier ? Cela ne me profitera certainement pas. Comme tu l'as dit, je suis un homme chanceux, et j'ai bien l'intention de me montrer reconnaissant.

— C'est une merveilleuse pensée, constata Thornaby.

Ash réfléchit à ce que l'autre homme venait de lui révéler.

— Je comprends tes techniques d'adaptation. J'ai choisi une autre voie : je frappais les gens.

Thornaby écarquilla les yeux.

— Tu ne m'as jamais frappé.

— J'étais trop petit, répondit le comte avec un petit rire. Tu, ou plus probablement Moreley, m'aurais écrasé dans la boue. En fait, il l'a fait une fois.

— C'est ce qu'il m'a dit, confirma l'autre homme, baissant le menton en signe d'excuse. Je crois que j'ai raté ça. Qui as-tu frappé ?

— Beaucoup de gens. Des hommes, dois-je préciser. J'étais pugiliste à Londres.

Thornaby ne cacha pas sa surprise.

— Vraiment ? C'est extraordinaire. Et cela t'a aidé à soulager ton affliction ?

Ash hocha la tête.

— La boxe m'a donné de la force, évidemment, mais aussi le courage d'affronter les autres tout comme moi-même, et mes limites. Elle m'a également démontré que je n'étais pas aussi limité que je le croyais, ajouta-t-il en souriant. J'étais assez doué pour frapper les gens.

— Je crois que j'aimerais voir cela, déclara Thornaby, penchant la tête sur le côté. Pourrais-tu m'apprendre ?

— Je ne vois pas de raison de refuser.

Ash était ravi du chemin parcouru en si peu de temps.

— Merci, lui dit l'autre homme en serrant légèrement son biceps. Je te suis reconnaissant de ton pardon, et, j'ose le dire, de ton amitié.

Ash agita les sourcils.

— N'hésite pas, ose. Maintenant, si tu veux bien m'excuser, je dois aller parler à mon beau-frère.

Thornaby inclina la tête avec un sourire et lâcha le bras d'Ash. Celui-ci leva son verre en guise de toast silencieux, et se dirigea vers le marquis de Darlington, qui se tenait près des fenêtres, les yeux rivés sur le champagne qu'il tenait à la main.

— Darlington, dit Ash. Vous semblez avoir besoin d'encouragements.

Le marquis secoua la tête en cillant.

— C'est la saison idéale pour cela, je suppose. Désolé, je ruminais.

— Puis-je demander à quel sujet ?

— Principalement à propos de Hartwell House et de son état de délabrement, répondit Darlington avec une grimace. Peu importe. Après l'incendie, vous avez votre content de réparations.

— De reconstruction, vous voulez dire, rectifia Ash avec ironie. Bianca et moi sommes impatients de célébrer la Saint-Nicolas demain à Hartwell House.

— Oui, cela devrait être assez… joyeux.

Ash rit doucement.

— En effet. Comme vous l'avez dit, c'est la saison idéale pour cela. Venez, allons rejoindre nos femmes.

Un frisson remonta le long de la colonne vertébrale d'Ash. Il adorait parler de Bianca comme de sa femme.

Lorsqu'ils arrivèrent, la troisième femme était partie ; il ne restait plus que Bianca et sa sœur. Elles discutaient avec animation de leur frère.

— Je n'arrive toujours pas à croire qu'il a refusé de te donner ton héritage, dit la marquise en colère. J'ai l'intention de lui parler dès que possible. C'est déjà bien assez grave qu'il ne soit pas venu aujourd'hui.

— Pour être tout à fait juste, je ne l'ai pas invité, précisa Bianca.

— Moi, si.

Ash s'était dit que, puisqu'il avait changé d'avis et décidé d'inclure les hommes qui l'avaient brutalisé et avaient réduit sa maison en cendres, il devait aussi inviter le frère de Bianca, même s'il s'était comporté de manière tout à fait misérable.

— Ah oui ?

Une multitude d'émotions traversa le visage de Bianca. Finalement, ses traits affichèrent son irritation. Ash ignorait contre qui elle était dirigée. Il toussa doucement et fit rouler son épaule.

— Et il n'est pas venu, constata-t-elle, déçue.

C'était contre le duc, donc.

Ash soupira. Dans la mesure où il admettait ce qu'il avait fait, il serait tout à fait honnête sur ce qui s'était passé ensuite. Elle méritait la vérité, et il avait bien l'intention de ne jamais lui cacher de secrets.

— J'aimerais pouvoir dire qu'il a au moins répondu, mais ce n'est pas le cas.

Bianca se renfrogna, et sa sœur laissa échapper une description surprenante de leur frère, accompagnée d'un juron. Surprise, Bianca tourna les yeux vers la marquise. Tous éclatèrent de rire, y compris le marquis.

La mère d'Ash se joignit à eux.

— Vous avez l'air de vous amuser. C'est le cas de tout le monde, je crois. Je le sais, car j'ai parlé à tout le monde de la fête de la Saint-Étienne. L'événement bénéficie d'un soutien massif. Même de la part du vicomte.

Elle jeta un regard en direction de Thornaby, et Ash la connaissait assez bien pour déceler une pointe de colère et de méfiance dans son regard.

Ces émotions lui sautaient aux yeux, parce qu'elle ne les manifestait que rarement. Cependant, Thornaby était un cas particulier. Lorsqu'elle avait appris que lui et les autres étaient à l'origine de l'incendie de la maison, elle avait été inconsolable. Elle avait révélé qu'elle leur avait écrit, à Keldon et à lui, et qu'elle avait envoyé un cavalier avec les missives, aux premières heures du jour, avant de discuter avec Ash et Bianca, lorsqu'elle les avait trouvés en train de s'amuser dans la neige. Puis, lorsqu'ils avaient refusé qu'elle demande de l'aide, elle n'avait pas voulu admettre qu'elle l'avait déjà fait. Si Ash était prêt à pardonner, elle n'en était pas encore là. Mais il savait qu'elle le ferait. Elle était bien trop généreuse pour ne pas le faire.

— Buvons au comte et à sa comtesse, s'exclama Thornaby en levant son verre. Buckleigh est un véritable héros, à tous points de vue. Sans lui, nous ne célébrerions pas la Saint-Étienne cette année, comme il se doit.

Keldon leva son verre à son tour.

— Bravo, bravo !

Ash ressentit le besoin de les corriger.

— En réalité, sans ma charmante épouse, nous n'aurions pas de fête de la Saint-Étienne cette année. C'est grâce à sa passion et à son dynamisme que la tradition perdurera.

Il posa sur Bianca un regard où transparaissait tout l'amour qui débordait de son cœur.

Elle lui sourit en retour ; ses yeux étaient pleins de la promesse d'un avenir rempli de la même passion et de la même énergie. Elle leva son verre, et la salle se mit à crier des bravos, des félicitations et « Au comte et à la comtesse ! ».

La poitrine d'Ash s'emplit de fierté et de joie tandis qu'il attirait Bianca contre lui. Balayant la salle du regard, il se rendit compte de la chance qu'il avait.

— Je vous souhaite à tous le même bonheur.

~

*L*a Saint-Nicolas marquait le début officiel de la saison de Noël. Chacun célébrait cette journée de manière différente, mais les habitants de Hartwell l'avaient depuis longtemps rendue spéciale en échangeant des cadeaux entre les membres de la famille proche. Bianca, sa sœur et son mari, et Ash passèrent la matinée à distribuer des cadeaux aux femmes et aux enfants qui non seulement avaient besoin de choses, mais aussi d'une bonne dose de gaieté. Le cœur de Bianca se gonfla lorsqu'elle vit un jeune garçon s'amuser avec une demi-douzaine de soldats de plomb.

— C'était une idée merveilleuse, dit doucement Ash en s'approchant d'elle. Puis-je suggérer que nous le fassions chaque année ?

Elle leva vers lui un regard radieux, heureux qu'il partage son désir d'aider ceux dans le besoin.

— Oh, j'insiste pour que nous le fassions !

Il rit.

— Évidemment ! J'imagine ce que tu pourrais répondre à ma prochaine suggestion.

— Je t'en prie, laisse-moi parler en premier, lui demanda-t-elle. Et j'espère que tu ne me trouveras pas trop directe. Je sais que Shield's End était ta maison, mais elle était vide, et Hartwell House est dans un état de délabrement épouvantable.

Une lumière s'alluma dans les yeux d'Ash, et elle vit ses lèvres se retrousser en un sourire chaleureux.

— Ma proposition serait-elle la même que la tienne ?

Il lui serra légèrement la taille.

— Si tu es en train de suggérer que nous reconstruisions Shield's End pour en faire la nouvelle institution pour femmes démunies, alors oui. Nous sommes du même avis. Encore une fois.

Elle rit gaiement.

— Je n'aurais pas dû être surprise. Nous semblons vouloir exactement les mêmes choses.

— Voilà pourquoi nous étions faits l'un pour l'autre.

Elle soupira, se rapprochant de lui tandis qu'il déplaçait sa main au creux de son dos.

— Oui.

— J'ai hâte de voir les plans lorsque nous nous rendrons à Londres le mois prochain.

— Tu vas envoyer des demandes avant ?

Il hocha la tête.

— La semaine prochaine. Je sais que tu as hâte de commencer.

Elle jeta un coup d'œil aux personnes qui bénéficieraient de cette nouvelle institution.

— Aujourd'hui plus que jamais. Il devra y avoir une école dédiée, avec un enseignant, et une plus grande ferme qui permettra de nourrir les occupants, insista-t-elle, levant le visage pour croiser son regard. Peut-être pourrions-nous même construire des cottages individuels pour les familles.

— Je suis tout à fait d'accord. Ton cœur est aussi beau que dans mes souvenirs, la complimenta-t-il, effleurant son front de ses lèvres. Keldon a proposé de superviser la construction pendant que Thornaby et moi-même serons à Londres pour les sessions du Parlement.

Elle le regarda fixement, encore stupéfaite qu'il ait pardonné si facilement à ses bourreaux. Enfin, peut-être pas facilement. Ils en avaient longuement discuté, et elle comprenait ses raisons. Il s'agissait pour lui de trouver la paix, pas de soulager la culpabilité des autres.

— Tu es le meilleur des hommes.

— Tu me donnes envie de l'être, lui répondit-il avec une légère grimace. Je me demande si tu seras toujours du même avis lorsque je t'avouerai que je n'ai pas de cadeau pour toi aujourd'hui. Il est en route. Je crains qu'entre le mariage et la préparation de cette journée, nous n'ayons été très occupés.

Bianca éclata de rire, soulagée.

— Tant mieux, parce que je n'ai pas encore ton cadeau non plus, dit-elle avant de baisser la voix. Mais laisse-moi te dire que je suis convaincue que nous pourrons trouver beaucoup de choses à nous offrir mutuellement plus tard. Dans notre chambre à coucher.

Il l'attira dans un coin sombre et l'embrassa jusqu'à ce qu'ils soient tous deux à bout de souffle. Il caressa la joue de Bianca avec son doigt.

— Mon amour, tu es le seul cadeau dont j'aurai jamais besoin.

Ne manquez pas l'histoire de Poppy dans *Le Cadeau du marquis* ! Découvrez ce qui se passe lors de la fête de la Saint-Étienne et pourquoi Calder est un tel Scrooge dans *La Joie du duc* !

Je vous invite à découvrir le premier chapitre de *Le Cadeau du marquis* !

LE CADEAU DU MARQUIS
CHAPITRE UN

Comté de Durham, Angleterre
Novembre 1811

Un cri d'enfant retentit et Gabriel Kirkwood, marquis de Darlington, interrompit ses coups de marteau. Deux petits garçons accouraient vers la porte ouverte alors que Gabriel réparait la charnière cassée. Ils s'arrêtèrent net, et le plus grand percuta le plus petit qu'il poursuivait.

— Je vous demande pardon, my lord, dit le plus jeune, Matthew, levant ses grands yeux bleus vers Gabriel.

— Faites attention, leur dit-il avec un sourire, jetant un coup d'œil dans le couloir par-dessus leur tête. Ne vous faites pas surprendre par Mme Armstrong en train de courir à l'intérieur.

La directrice de l'institution pour femmes démunies, que tout le monde appelait Hartwell House, aimait l'ordre et la discipline.

Matthew regarda par-dessus son épaule, tandis que son frère aîné John secouait la tête.

— Nous faisons attention, my lord. Elle est occupée, ajouta-t-il, comme pour prouver leur diligence.

— Bien.

Gabriel se remit au travail et termina de fixer la nouvelle charnière à l'aide de son marteau.

— Qu'est-ce que vous faites ?

Matthew s'approcha de lui, son regard curieux rivé sur la réparation de Gabriel.

— J'ai remplacé la charnière pour que cette porte ferme correctement, expliqua Gabriel en reculant.

Hartwell House avait été transformée en institution une quinzaine d'années plus tôt, lorsque le propriétaire et son épouse, les Armstrong, avaient commencé à accueillir des femmes démunies, dont beaucoup avaient des enfants en bas âge et n'avaient aucun moyen de les nourrir. La seule alternative pour la plupart d'entre elles était l'hospice, et ce n'était pas un endroit pour élever des enfants, surtout si l'on voulait passer du temps avec eux. Hartwell House permettait aux mères et aux enfants de ne pas être séparés et de construire une vie… ensemble.

— Vas-y, essaie et vois si j'ai fait du bon travail.

Le garçon lui jeta un regard dubitatif, et Gabriel hocha la tête pour l'encourager. Le petit claqua la porte au nez de son frère.

Riant, Matthew plaqua une main sur sa bouche. Gabriel se retint d'éclater de rire à son tour.

— On dirait qu'elle fonctionne bien.

La porte s'ouvrit sur le regard noir de John.

— Tu n'étais pas obligé de me la fermer au nez.

— Je n'ai pas fait exprès ! prétendit Matthew, levant les yeux vers Gabriel. Je suis content que vous l'ayez réparé. Il y avait trop de bruit ici l'autre soir.

Le petit fit la grimace, puis sortit de la pièce, qui était le dortoir réservé aux femmes.

Gabriel se tourna vers John.

— Pourquoi y avait-il trop de bruit ?

— Elles pleuraient, parce que quelqu'un est mort.

John le lui dit sans la moindre once de tristesse, et Gabriel en eut le cœur serré. Quelle tragédie ce garçon avait-il déjà endurée pour être aussi insensible à la mort ?

Ou, plus précisément, la perspective de la mortalité n'avait pas encore atteint l'enfant. Gabriel avait dix ans lorsqu'il avait perdu sa mère et que le chagrin insurmontable de la mort avait modifié à jamais sa vision des choses. La vie était précieuse et pouvait changer, ou disparaître, en l'espace d'un instant.

— Je suis désolé de l'apprendre, répondit Gabriel d'une voix douce.

— Vous voilà, dit Mme Armstrong, dont la voix mélodieuse résonna dans le couloir. Vous êtes en retard pour le repas de midi. Allez, filez.

Arrivée au dortoir, elle posa sur eux des yeux chaleureux, mais fermes.

Ils ne jetèrent même pas un regard d'adieu à Gabriel, lui montrant ainsi au passage qui occupait le rang le plus élevé à Hartwell House, et il ne s'agissait pas du marquis. Réprimant un sourire, Gabriel se tourna vers la femme formidable qui dirigeait l'institution. Grande, avec des cheveux bruns qui commençaient à grisonner aux tempes et une bouche fine qui aurait pu paraître cruelle si elle ne riait pas autant, Mme Armstrong était le cœur de cet endroit, surtout depuis le décès de son mari l'année précédente.

— J'espère qu'ils ne vous dérangeaient pas, dit-elle en regardant la porte.

— Pas du tout. En fait, ils m'aidaient. Il me vient à l'esprit que je pourrais leur enseigner quelques compétences utiles. Si vous pensez qu'ils sont assez âgés pour cela.

— C'est le cas, et ce serait merveilleux, dit-elle avec un

sourire radieux. La marquise et vous-même êtes si aimables de faire tout ce que vous faites pour nous ici. Je voulais vous demander, et j'espère que vous ne me trouverez pas insolente, si Madame allait bien. Nous ne l'avons pas vue depuis près de quinze jours.

— Cela fait si longtemps ?

Gabriel se rendit compte qu'elle n'était pas venue avec lui les dernières fois, mais il n'avait pas compté les jours. Il lut l'inquiétude dans les yeux de Mme Armstrong et essaya de la mettre à l'aise.

— Poppy va bien, merci. Elle est juste occupée avec les affaires de la maison.

Gabriel ignorait si c'était vrai. Il le découvrirait, car l'inquiétude de Mme Armstrong était maintenant la sienne.

— Je suis heureuse de l'entendre, déclara-t-elle. Elle manque aux enfants.

Une vive douleur s'empara brièvement de la poitrine de Gabriel. Évidemment qu'elle leur manquait. Poppy passait la plupart de son temps ici avec les enfants, leur faisant la lecture, jouant avec eux, leur donnant des cours pendant que leurs mères cousaient ou travaillaient dans le jardin. Hartwell House offrait aux pensionnaires la possibilité de travailler et de gagner de l'argent dans l'espoir qu'un jour elles puissent partir et avoir leur propre foyer. Comme ils n'avaient pas d'enfants, Poppy aimait passer du temps avec les plus jeunes résidents. Elle aurait fait une mère merveilleuse, mais après presque trois ans de mariage et aucune grossesse, il semblait que cela ne devait pas arriver.

Gabriel repoussa cette pensée.

— J'ai entendu dire que quelqu'un était mort.

Il espérait que le garçon se trompait, mais l'ombre qui traversa le regard de Mme Armstrong lui indiqua que ce n'était pas le cas.

— C'est triste, mais ce n'est pas surprenant, malheureusement. Cette fille était tellement mal nourrie ! Ce n'était pas vraiment une *fille* non plus, je suppose, expliqua Mme Armstrong qui secoua la tête avant de froncer les sourcils. Non. C'*était* une fille, qui était sur le point de devenir mère.

La respiration de Gabriel se bloqua dans ses poumons tandis qu'un tremblement d'effroi le traversait. *Oh, non !*

Il se rappelait cette jeune femme, la *fille*, qui était arrivée quelques semaines plus tôt. Elle était pratiquement morte de faim et Mme Armstrong avait fait tout ce qu'elle pouvait pour l'aider.

— Le bébé ? s'enquit Gabriel.

— Mort-né. La mère a plongé dans un sommeil d'épuisement et ne s'est jamais réveillée.

Elle jeta un coup d'œil vers l'un des lits.

— Mais nous avons déjà réattribué sa place.

C'était difficile de considérer cela comme un point positif, mais que pouvait-elle faire d'autre ? C'était sa vie : aider ceux qu'elle pouvait et laisser partir ceux qu'elle ne pouvait pas.

Gabriel ne put s'empêcher de penser à sa femme, à sa bien-aimée Poppy, et à leur incapacité à avoir des enfants. Et à quel point il était *reconnaissant* de cela. Parce qu'il savait qu'il ne la perdrait jamais de la manière dont cette pauvre fille était morte. Ou de la manière dont sa mère était morte. Ou sa sœur aînée. Ou la mère de Poppy. Autour de lui, les femmes mouraient en couches, et il s'attendait à ce qu'il en soit de même pour Poppy.

Il ne pouvait pas supporter cette idée.

— Madame Armstrong ? appela une voix.

Une jeune femme nommée Judith, qui travaillait pour Mme Armstrong depuis que Gabriel venait ici, passa la tête dans le dortoir.

— Il y a une nouvelle arrivée.

— Ce n'est jamais fini, dit Mme Armstrong en secouant la tête.

Elle commença à se retourner, mais hésita.

— J'espère que vous ne me trouverez pas impertinente, mais si Madame a des soucis à cause de son état de santé, je serais heureuse d'en parler avec elle.

Gabriel cligna des yeux, ne sachant pas trop ce qu'elle voulait dire.

— Son état de santé ?

— Le fait qu'elle n'ait pas d'enfant à elle, précisa Mme Armstrong d'une voix douce, le front plissé par la compassion. Vous êtes mariés depuis… trois ans environ ?

— Presque.

— C'est à ce moment-là que j'ai compris que M. Armstrong et moi n'aurions pas la chance d'avoir d'enfants. L'année suivante, nous avons accueilli notre première jeune femme. Les aider, son jeune fils et elle, nous a apporté de la joie et… une raison d'être.

Un petit nœud se forma à la base de la gorge de Gabriel. Il déglutit pour l'empêcher de monter.

— Je crois que c'est ce que Poppy ressent lorsqu'elle vient ici, cela lui apporte de la joie.

Et sans doute un but. Il n'en était pas certain.

Mme Armstrong lui adressa un sourire bienveillant.

— C'est bon de l'entendre. J'espère qu'elle reviendra quand elle sera prête. Maintenant, si vous voulez bien m'excuser.

— Bien sûr, murmura Gabriel.

De nouveau seul, Gabriel nettoya ses outils et quitta le dortoir. Il avait fait tout ce qu'il pouvait aujourd'hui, mais il y avait toujours à faire. Le bâtiment avait grand besoin d'être réhabilité. Le toit ne passerait peut-être même pas l'hiver.

— Vous devez me laisser rester ! s'exclama une voix de femme.

Elle venait du coin arrière du bâtiment, là où se trouvait le bureau de Mme Armstrong.

— Je crains que nous n'ayons pas de logement pour une personne dans votre état, dit Mme Armstrong. Vous êtes trop malade. Je suis sincèrement désolée. Il y a un hospice…

— Non !

Le bruit d'une toux emplit l'air, suivi d'un bruit sourd, comme si quelqu'un était tombé.

— Juste ciel ! s'écria Mme Armstrong, et Gabriel se précipita en direction du bruit.

Lorsqu'il arriva devant le bureau, il vit une forme effondrée au sol. Mme Armstrong et Judith étaient agenouillées près d'une femme dont la toux se mua en gémissement.

— Pourquoi n'avez-vous pas dit que vous étiez enceinte ? demanda la directrice, stupéfaite.

La femme à terre répondit par une quinte de toux.

— Puis-je proposer mon aide ? s'enquit Gabriel.

Mme Armstrong leva les yeux, et son soulagement se lisait dans son regard.

— Oui, merci. Pourriez-vous nous aider à la mettre sur une chaise ?

Gabriel s'avança dans le bureau et observa la femme pâle et débraillée. Ses cheveux blonds se détachaient de leurs épingles et elle portait une cape miteuse qui s'ouvrait sur ses vêtements sales et déchirés. Ils ne lui allaient pas non plus très bien, s'étirant sur son ventre rond.

Il s'accroupit et la souleva.

— Nous allons vous mettre sur la chaise, dit la directrice.

— Pourquoi ? demanda la femme, essayant de repousser ceux qui l'aidaient. Il faut que je trouve un autre endroit où rester.

Mme Armstrong la regarda avec une détermination bienveillante.

— Nous allons faire de la place. Je vais vous donner mon

lit. Vous n'allez pas bien, et vous devez prendre soin de vous, pour le bien du bébé.

— Je ne veux même pas de ce gamin, dit la femme en se renfrognant.

Mme Armstrong lui adressa un sourire serein.

— C'est peut-être ce que vous pensez pour l'instant, mais une fois que vous l'aurez rencontré, vous changerez d'avis.

Elle secoua la tête avec véhémence, avant de s'effondrer dans une nouvelle quinte de toux.

— Je vais trouver un autre endroit, parvint-elle à dire.

La directrice fronça les sourcils.

— Vous devriez rester ici.

Maîtrisant sa toux, la femme regarda Gabriel.

— Aidez-moi à me lever, s'il vous plaît.

Il l'entoura de son bras et la souleva pour qu'elle se mette debout.

— J'ai un cottage vide sur ma propriété. Voudriez-vous y séjourner le temps de vous rétablir ?

Se relevant, Mme Armstrong le regarda, surprise.

— Elle ne peut pas rester seule. Elle a besoin de soins.

— Vous ne pouvez pas céder votre lit, madame Armstrong, répondit Gabriel. J'ai un cottage vide.

— J'irai là-bas pour m'occuper d'elle, proposa Judith.

La directrice prit une grande inspiration.

— C'est très gentil de ta part, Judith. Tu me manqueras ici, mais bien sûr, tu dois y aller. Si cette femme est déterminée à partir, et si elle veut bien de toi, dit-elle, lançant un regard plein d'espoir à la femme enceinte.

— Je le suis, et je veux bien, affirma-t-elle avant de renifler bruyamment, un bruit horrible qui fit presque grimacer Gabriel. Où se trouve ce cottage ?

— Je peux vous y conduire maintenant, proposa-t-il, heureux d'être venu avec son chariot aujourd'hui au lieu de venir à cheval. Il était difficile de livrer plusieurs sacs de farine à dos de cheval.

— Très bien.

La femme se remit à tousser, se pliant à la taille alors qu'elle tentait de s'arrêter.

— Tu auras besoin de médicaments, dit Mme Armstrong à Judith. Et de vêtements à sa taille.

Judith acquiesça.

— Je vais voir ce que je peux trouver.

Elle pivota pour partir.

— Je vais préparer un panier, lui dit Mme Armstrong qui se tourna vers Gabriel. Aurez-vous de la nourriture et d'autres produits de première nécessité pour elles ?

— Bien sûr.

Le cottage auquel il pensait était inoccupé depuis le printemps précédent, mais un voisin l'avait gardé propre et en bon état jusqu'à ce qu'un nouveau locataire se présente. Il allait veiller à faire des réserves de nourriture et de linge pour elles. De plus, il demanderait à son intendant de les faire surveiller par ce même voisin. Ce qui n'empêcherait pas Gabriel d'aller les voir régulièrement. Il était vivement intéressé par cette femme et par le fait qu'elle ne veuille pas de son bébé.

Un rêve prit racine dans son esprit... Un rêve pour lequel il n'osait pas nourrir d'espoir, mais qu'il ne pouvait s'empêcher de désirer.

Mme Armstrong ramena la femme vers la chaise.

— Quel est votre nom, ma chère ?

— Dinah Kitson.

— Venez, Dinah, asseyez-vous jusqu'à ce qu'il soit temps de partir.

Mme Armstrong s'assura qu'elle était bien installée. Dinah leva ses yeux chassieux vers Gabriel.

— Pourquoi m'aidez-vous ?

— Parce que vous avez besoin d'aide.

— Et le bébé ? demanda Dinah en posant la main sur son ventre.

— Nous nous en occuperons, dit Gabriel, s'intimant d'y aller doucement.

Cette femme était malade et on ne pouvait pas savoir ce qui se passerait ni même si l'enfant survivrait. Et Dinah pouvait très bien changer d'avis après la naissance. Elle verrait son visage, compterait ses doigts et ses orteils, et tomberait éperdument amoureuse.

Oui, il avait un rêve, mais il ne s'attendait pas vraiment à ce qu'il se réalise.

Poppy Kirkwood, marquise de Darlington, était assise devant le feu dans le salon adjacent à la chambre à coucher qu'elle partageait avec son mari. Sa main se déplaçait avec rapidité et précision, remplissant le motif de verdure sur son point de croix.

C'était un grand ouvrage, qui serait très joli accroché dans le grand salon pendant les fêtes de fin d'année. À condition qu'elle le termine à temps.

Gabriel entra après être resté dans la salle à manger pour partager un porto avec son intendant, qui avait dîné avec eux. La femme de Charlie était à la maison avec leurs jeunes enfants. Le vide douloureux qui semblait toujours régner dans la poitrine de Poppy s'accentua brièvement avant qu'elle ne chasse la sensation d'un haussement d'épaules.

— Sur quoi travailles-tu ? s'enquit Gabriel en s'asseyant à côté d'elle sur le canapé.

Elle l'étala du mieux qu'elle pouvait sur ses genoux pour qu'il puisse le voir.

— C'est une tapisserie pour le grand salon.

Gabriel se pencha vers elle et observa le point de croix.

— C'est du gui ?

Un sourire effleura les lèvres de Poppy.

— C'en est.

Il déposa un baiser rapide sur sa bouche.

— Je crois que cela n'a pas d'importance qu'il ne soit pas réel.

— Ou qu'il ne pende pas au-dessus de nous, apparemment, dit-elle d'un ton ironique.

En souriant, il se concentra à nouveau sur la tapisserie.

— C'est superbe. Tu es vraiment douée pour la broderie. N'as-tu pas fait une nappe pour Hartwell House récemment ?

Poppy se raidit.

— Il y a quelques mois, oui

— J'y étais aujourd'hui, comme tu le sais, lui dit-il, accrochant son regard. Mme Armstrong a demandé si tu allais bien. Tu lui manques.

Poppy plia soigneusement son ouvrage et le mit de côté, prise de malaise.

— J'ai été occupée.

— C'est ce que j'ai dit à Mme Armstrong. Toutefois, lorsque j'essaie de réfléchir à ce qui t'occupe, je crains de ne pas savoir ce qui pourrait t'empêcher d'aller à Hartwell House.

— Tu es toi-même pris par tes propres activités.

En effet, il semblait être plus occupé que jamais par les questions relatives à la propriété, et par l'aide qu'il apportait à Hartwell House. Il aimait construire et réparer des choses. Lorsqu'il ne se trouvait pas dans son atelier, il était à l'institution en train de réparer une chose ou une autre.

— Cela me manque d'y aller ensemble, dit-il en prenant ses mains qu'elle avait croisées sur ses genoux après avoir déplacé son ouvrage. Peut-être aimerais-tu m'y accompagner demain ou après-demain ? Ses lèvres se courbèrent en un doux sourire qui contrastait fortement avec la forme carrée de son menton et la ligne ciselée de sa mâchoire et de ses pommettes. C'était ce même sourire qui avait attiré l'attention de Poppy trois ans plus tôt lors d'une assemblée locale. Mais c'étaient son humour et sa sollicitude à l'égard des autres qui avaient conquis son cœur.

Redressant l'échine, elle lui répondit :

— Je crains de ne pas pouvoir le faire.

Le sourire de Gabriel se mua en un léger froncement de sourcils.

— Il y a quelque chose qui ne va pas ? Y a-t-il une raison pour laquelle tu ne veux plus te rendre à Hartwell House ?

L'inquiétude qui se lisait dans ses yeux lui fit perdre sa contenance. Elle se leva du canapé, envahie d'une énergie nerveuse.

— Non.

Elle se dirigea vers l'âtre, son corps subitement refroidi, cherchant la chaleur du feu.

Il se leva derrière elle ; elle sentit sa présence lorsqu'il se rapprocha.

— Je me demandais si peut-être… si cela te dérangeait de passer du temps avec les enfants ?

Elle se tourna vers lui, surprise par la pertinence de sa question.

— C'est ce que tu crois ?

Il haussa une épaule.

— Mme Armstrong en a parlé. Elle serait heureuse d'en discuter avec toi, de t'apporter son soutien, si tu le veux.

— Tu as discuté de nos problèmes avec elle ?

Poppy aimait beaucoup Mme Armstrong, mais ce n'était pas un sujet dont on parlait en dehors de la famille. Et dans ce cas précis, elle n'en parlait jamais *tout court*.

— C'est elle qui en a parlé. Elle s'inquiète pour toi, lui dit-il, le front plissé. Tout comme moi.

Les émotions bouillonnaient en elle, la tristesse et la frustration, mais elle refusait de se laisser aller au désespoir. Elle avait versé trop de larmes.

— Je ne veux pas de ta pitié. Je ne veux de la pitié de personne, pas même de la mienne. J'essaie de trouver un moyen d'accepter que c'est ce que sera ma vie, et je ne peux pas le faire avec des enfants qui courent partout. Cela ne semble pas te poser de problèmes d'y aller, remarqua-t-elle, s'efforçant de ne pas laisser transparaître son irritation dans son ton, mais elle craignait de ne pas y parvenir. Comment as-tu pu accepter notre destin ?

Il cligna des yeux, puis observa le feu. Lorsque son regard croisa à nouveau celui de Poppy, elle vit quelque chose d'étrange qu'elle n'avait jamais vu auparavant.

— J'admets que cela n'est pas aussi difficile pour moi que cela semble l'être pour toi.

Poppy en resta bouche bée. Elle avait l'impression que tout l'air avait été expulsé de ses poumons et n'y reviendrait jamais.

Il poursuivit :

— J'aurais aimé être père, mais je ne peux pas dire que je regrette que tu ne subisses pas les risques de la grossesse et de l'accouchement.

Elle savait maintenant ce qu'il y avait dans ses yeux : du soulagement. Il était heureux qu'ils n'aient pas conçu d'enfant. Il n'avait rien accepté, il s'était réjoui de leur sort alors qu'elle se morfondait dans la tristesse et la déception.

— Tu es heureux ? demanda-t-elle d'une voix faible et si douce qu'elle se demanda s'il l'avait entendue, car il lui fallut un moment pour répondre.

— Pas heureux, non. Mais ce n'est pas la fin du monde pour moi.

La fin du monde...

— C'est un peu exagéré.

Elle essayait de comprendre ce qu'il disait. Jamais il ne lui avait parlé de cela auparavant, et elle se sentait presque... trahie.

— Tu ne comprends pas à quel point je suis affectée.

— Bien sûr que si, protesta-t-il, fronçant les sourcils, les yeux plissés. Mais peut-être ne comprends-tu pas ce que *je* ressens.

— Oh, je crois que si !

Il avait le bonheur de se sentir *soulagé* tandis qu'elle souffrait. Et dire qu'elle avait cru qu'il souffrait aussi !

Il s'avança vers elle, la dominant de sa haute taille.

— Et toi ? Sais-tu quelle angoisse je ressens lorsque j'entends parler d'une autre âme perdue lors d'un accouchement ? Aujourd'hui même, Mme Armstrong m'a parlé d'une fille... une *fille*... qui est morte en même temps que son bébé.

Elle se protégea de la douleur dans sa voix. Ce n'était rien comparé à son propre tourment.

— Oui, c'est tragique, mais c'est aussi la vie.

— Et la mort. Je ne veux pas te perdre comme tu as perdu ta mère, comme j'ai perdu la mienne, ou comme j'ai perdu ma sœur.

Elle releva le menton, troublée qu'il évoque sa mère qu'elle avait perdue à l'âge de deux ans quand celle-ci avait donné naissance à la petite sœur de Poppy et dont elle ne se souvenait même pas. Ses souvenirs provenaient tous de choses que son père et son frère aîné, Calder, lui avaient racontées. Elle était également sensible au fait que Gabriel avait été durement touché par la perte de sa propre mère lorsqu'il était jeune.

— On ne peut pas vivre en ayant peur de la mort. Elle nous attend tous.

La colère brilla dans les yeux de Gabriel.

— Je le sais bien. Mais pas encore. Pas *maintenant*.

Elle voulait qu'il comprenne son chagrin.

— C'est un risque que je pourrais prendre. N'as-tu pas envie de laisser quelque chose de nous derrière nous ? Si tu as peur de la mort, rappelle-toi que les enfants, la famille nous rendent immortels.

Il la dévisageait, sa mâchoire travaillant à mesure qu'il serrait et desserrait les dents.

— J'ai perdu trop de gens, et te perdre ferait de moi un mort-vivant.

Le mal qui la rongeait surgit, avide d'une âme sœur.

— Tu viens de décrire précisément ce que je ressens. Je me sens vide. Froide. Seule.

Gabriel sentait son pouls battre dans sa gorge. Il leva la main pour la poser sur la joue de sa femme.

— Comment peux-tu te sentir seule avec moi ? Est-ce que je… Est-ce que mon amour ne suffit pas ?

Il ne suffisait pas. Et pourtant, il représentait tout. Ou presque. Peut-être. Elle ne savait pas. Tout ce qu'elle savait, c'était que ce chagrin devait disparaître.

Elle leva les mains à son tour et saisit les revers de sa veste.

— Fais en sorte qu'il suffise. Fais en sorte qu'il soit *tout*.

Gabriel la regardait droit dans les yeux, tandis que l'attente grandissait entre eux. Elle craignait qu'il ne s'en aille.

Il n'en fit rien. Il plongea les mains dans ses cheveux, dégageant les épingles au passage. Puis ses lèvres dévorèrent celles de Poppy dans un baiser brûlant.

Elle resserra les mains sur sa veste, le tenant contre elle tandis qu'elle enfonçait sa langue dans la bouche de Gabriel, réclamant tout ce qu'il voudrait lui donner. Passant son autre bras autour de ses hanches, il l'attira contre son corps, plaquant le bassin de sa femme contre le sien.

Un désir désespéré s'empara d'elle. Il ne ressemblait à rien de ce qu'elle avait connu jusqu'à présent. Elle voulait que ce moment, que *lui*, la transporte loin de la douleur qui habitait son cœur. Elle mit de côté ses pensées et concentra toute son attention sur lui, sur la tempête qui se préparait entre eux.

La colère, la douleur et le désir se mêlaient tandis qu'elle repoussait sa veste, impatiente de le dénuder et de se perdre dans la seule chose qui lui donnerait l'impression d'être entière. Peut-être pas entière, mais pas non plus complètement vide.

Gabriel tira sur ses cheveux pour les libérer, jusqu'à ce qu'elle les sente retomber en cascade dans son dos. Puis il acheva de retirer sa veste qu'il jeta par terre. Elle défit les boutons de son gilet, et le vêtement suivit rapidement le premier. Avec un grognement, il la souleva et la porta sur la courte distance qui les séparait de leur chambre à coucher. Là, il la reposa à côté du lit et entreprit de la déshabiller avec des gestes rapides et efficaces.

Implacables.

Il lui retira ses chaussures et la fit tourner pour tirer les lacets de sa robe. En un clin d'œil, le vêtement tomba à ses pieds. Il repoussa son jupon le long de son corps, et il rejoignit la robe.

Ses lèvres et sa langue faisaient déferler une vague de plaisir sur sa nuque tandis qu'il desserrait son corset. Un instant plus tard, il tomba comme le reste des vêtements de Poppy. Il ne lui restait plus que sa chemise et ses bas. Il embrassa son épaule, ses dents griffant délicatement sa chair, et ses mains enveloppèrent ses seins à travers le coton de son sous-vêtement.

Elle sursauta devant la rudesse de ses caresses quand ses pouces et ses index tirèrent sur ses mamelons. Un désir brutal jaillit directement dans son sexe. Elle le voulait maintenant.

— Gabriel, j'ai besoin de toi.

— Tu vas m'avoir, répondit-il, relevant sa chemise pour dévoiler ses fesses. Penche-toi.

Elle fit ce qu'il lui demandait, appuyant ses mains sur le lit devant elle et se courbant à la taille. Une main se glissa entre ses cuisses tandis que l'autre plongeait sous sa chemise, la déchirant légèrement sur le devant, pour mieux caresser sa poitrine. Il la serra, la pinça, lui procurant plus de sensations qu'il ne l'avait jamais fait auparavant.

Il caressa son sexe et elle se cambra, en quête de plus de contact. Il glissa son doigt en elle, la remplissant. Elle ferma les yeux et saisit le couvre-lit tandis qu'il embrassait le côté de son cou, puis lui mordillait le lobe de l'oreille.

— Est-ce que tu te sens vide, maintenant ?

Il plongea son doigt plus profondément en elle et elle bascula le bassin, frottant son clitoris contre le lit.

— Non ! haleta-t-elle alors que l'extase montait en elle.

— Bien.

Il ajouta un second doigt en elle, effectuant des mouvements de va-et-vient, la poussant vers un paroxysme insensé.

Elle se cramponna au lit et balança ses hanches d'avant en arrière à son rythme. Sa main quitta son sein et descendit entre elle et le matelas pour caresser son clitoris encore et encore, lui faisant franchir le sommet de la montagne alors qu'elle se libérait dans ses bras.

Sans attendre d'avoir pleinement récupéré, elle se retourna et tira sur les boutons de son pantalon. Dès qu'ils furent détachés, il se baissa pour retirer ses bottes, grognant et jurant sous l'effort. Puis il lui retira ses bas pendant qu'elle passait sa chemise par-dessus sa tête et la jetait de côté.

Se débarrassant du reste de ses vêtements avec une impatience bruyante, il la poussa sur le matelas et grimpa sur le lit. Il l'embrassa sauvagement et elle savoura la chaleur et le désespoir de leur étreinte. Non, elle n'allait pas réfléchir. Elle ne ferait que ressentir.

Il descendit jusqu'à ses seins, ses lèvres et sa langue traçant un chemin brûlant de pur ravissement. Elle passa la main entre eux et trouva son sexe, enroulant sa main autour de sa base. Il gémit et elle le serra, le caressant avec des mouvements de va-et-vient. Il bascula les hanches contre elle, et sa moiteur couvrit sa main.

Il trouva à nouveau son clitoris, le caressant avec frénésie tandis qu'il suçait son sein. Elle cria lorsque le plaisir enfla en elle une fois encore.

— Comble-moi, le supplia-t-elle. Maintenant. Fais disparaître le vide.

Il se redressa et baissa les yeux sur elle.

— Tu ne seras jamais seule, pas tant que je serai là.

Son angoisse se disloqua lorsqu'il s'enfonça en elle. Elle l'attira contre elle, avide de sentir son poids et la sécurité qu'il lui apportait ; une ancre dans son chaos. Elle sentit les larmes sur ses joues, et pria pour qu'il ne les sente ou ne les voie pas. Elle ne voulait pas réfléchir. Elle voulait seulement ressentir.

Et les sentiments avaient pris le dessus.

Oui, il la comblait, mais elle savait que rien n'en sortirait. Et ce, quelle que soit l'extase qui l'envahissait tandis qu'il plongeait dans son ventre stérile ou la réaction de son corps, avec ses jambes qui s'enroulaient autour de lui et l'attiraient de plus en plus profondément, comme si cette fois-ci pouvait être différente. Comme si la férocité de leur passion pouvait changer leur destin.

Elle savait que ce ne serait pas le cas.

Pourtant, elle s'envola. De plus en plus haut, jusqu'à se trouver au bord du précipice. Puis il l'embrassa, les rapprochant davantage, la comblant comme elle l'avait exigé.

Son orgasme la submergea, la faisant basculer dans l'obscurité. Mais cette fois, elle savait que les ténèbres l'emporteraient.

Et cette fois, elle s'en réjouit.

Si vous souhaitez poursuivre la lecture, cliquez ici pour acheter:

Le Cadeau du marquis

NOTE DE L'AUTEU

Un jour, je me suis dit qu'il serait amusant d'écrire une trilogie de Noël, en m'inspirant des contes traditionnels. Quoi de plus traditionnel pour un enfant américain de la génération X comme moi que l'émission spéciale de télévision en stop motion, *Rudolph le renne au nez rouge* ? J'ai pris beaucoup de plaisir à inventer une histoire qui reprenait la morale de Rudolph tout en y ajoutant un peu de romance. (Ce qui ne veut pas dire que Rudolph et Clarice n'en pinçaient pas l'un pour l'autre !) Vous avez fait la connaissance de Cornelius, le majordome qui a hérité son nom de Yukon Cornelius, et de Harris, le valet que je n'ai pas baptisé Hermie, mais qui n'était pas fait pour son ancien travail, tout comme Hermie n'était pas fait pour être un elfe. J'ai adoré les intégrer à cette histoire.

L'institution pour les femmes démunies est entièrement le fruit de ma propre création. Elle s'inspire des foyers de travail de l'époque, mais je ne voulais pas d'un « véritable » foyer, qui séparait les hommes et les femmes (et les enfants, qui ne voyaient pas souvent leurs parents) et s'apparentait davantage à une prison.

Merci à Catherine Kenner pour sa magnifique interprétation de *The Red Hot Earl*, sur l'air de *Rudolph le renne au nez rouge* (les paroles sont de moi, mais attention, elles ne sont pas aussi fabuleuses que sa voix). Vous pouvez l'écouter ici. Merci également à J. Kenner pour… bien trop de choses pour toutes les énumérer.

J'espère que vous avez aimé cette histoire inspirée ! Et joyeux Noël ! :)

NOTES

CHAPITRE 2

1. *Note de la traductrice :* Les Inns of Court sont des instituts de formation professionnelle pour les avocats-plaideurs et les juristes.

DU MÊME AUTEUR

À PROPOS DE L'AUTEUR

Darcy Burke est l'auteure à succès USA Today de romance sexy, sentimentale historique et contemporaine. Darcy a écrit son premier livre à 11 ans, une fin heureuse entre un cygne accro à la magie et une femelle cygne qui l'aimait, avec des illustrations extrêmement pauvres.

Native de l'Oregon, Darcy vit en bordure des vignes avec son mari guitariste, une fille artiste d'un incroyable talent, et un fils débordant d'imagination qui écrira sans doute un jour mieux qu'elle (et peut-être dès demain). Ils forment une famille-à-chats un peu folle, avec deux bengals, un petit chat en quête de notoriété qui porte le nom d'un fruit, un vieux maine-coon rescapé plutôt arrogant, et une collection de chats du voisinage qui trainent sur la terrasse et entrent quelquefois. Vous trouverez Darcy au chai, dans son confor- table fauteuil d'écrivain avec son portable et un ou trois chats sur les genoux, en train de plier son linge (ce qu'elle adore), ou encore devant le télévision avec sa famille. Ses havres de bonheur sont Disneyland, le week-end du Labor Day au Gorge, Le Danemark et partout au Royaume-Uni – tant que sa famille y est aussi. Retrouvez Darcy en ligne à https://www.darcyburke.com et suivez-la sur ses réseaux sociaux.

www.ingramcontent.com/pod-product-compliance
Lightning Source LLC
Chambersburg PA
CBHW010544100726
47903CB00011B/3127